JN309672

内も外も、出口なき沙漠のなかを罵りわめきながら、往きかふ果てしないひとの群、そのなかを縫つて、腐れかゝつた抱擁が溶けさる骨を汚すのだ。内も外も、鎖が切れるまでつゞけられるこのうごめき、そしてこの沙漠のうへに見まもるひとつの眼、ぼくはそれにさらされて生きてきたのだ。いや、日輪はひだり眼、月輪はみぎ眼、双眸あってどちらか義眼《いれめ》ときく。目映さで万象めつぶし、ひ黒《ぐろ》ませ、みられず視ようと無体に燃えびかる正円の眼、荘厳に冷えて座るちぎれ雲を錵《にえ》に氷らせ、ゆかしさについ寄せてくる地のものどものまなざしを吸いまたすってあかるむ眼、天蓋の玲瓏を刳《く》り抜きあけた眼窩の花やかなうつろさは、月にひとつ切り大きくおおおきく片瞬《ウインク》きをして、なにかをしらせようとしているのだった。日はみられず視る。月はみられて視る。まだみられている、またうごめいて。またみられている、まだうごめいて。何も引け目はねえ。吐き捨てて、やくざな仕草を投げながら、眼こぼれを頂戴しようと、だが義眼らしく、どちらの洞《うろ》にもくろ眼がない。俺《おい》らたちをみてる、本当の眼ってのは、どっちだい。ひるに賭ける者、よるに賭ける者、いづれもいづれも、逆を突いて一つ身にあまる曲事《くせごと》を尽くそうとする、その心根が鄙《ひた》くさい。ぷんと匂うぜにの鉄気《かなけ》と、ゆびさき切れるような札の鋭角がいとおしく、肉厚のなまぐささを舐め、顔ぬらつかせてじくじく啜《すす》り、いづれ身過ぎ世すぎに喘ぐ面々、喰いくわれしている朽ちなわ虫けらのたぐいとおのれを嘲《あざ》わらいながら、眉さらに抜き給わず、歯ぐろめさらに、うるさし、きたなし、とてつけ給わず、いと白《しろ》らかに笑むかの姫ぎみがひとりは居やしないかと、娑婆気か信心か、いずれの成る果てか判らぬ希《ねが》いを胸底にしたたらせる、いずれも、いづれも、でもさあ、それでも、生きとし生けるもの、いづれか歌を詠まざりける。

月にひかれて脹らむ汐《うしほ》で、あの眼を洗え。日の満ち引き、月の大潮小潮、そのたびに月魄《げつぱく》は色ざしを変え、半欠けの肉桂いろにふすぼり、うす黄檗《きはだ》のほそい眇《すがめ》となって、やがてみ開き、白磁に灰青を透かして無残にやせた肋《あばら》をみせる。ほそく硬い腱を筋をみせる。あの透かしあみに編んだひえた文様のおもてに、兎なり何なりの片かげも見えぬこの夜、ただ森々と銀にひかり、すじばり、ちばしり、瞬く度にしお水でさえ吸おうとするのは、やはり奴こそがそこひ眼だからじゃないのかい。では、あの陽が、屢《しば》たたきもせず痴れたしろ眼を剝いて、むいて、むき切って、果てはひとすじの寒慄を刺す、あれが目明かしなのか。何も、なにもみえず、思えず、いきみかえって、むきむきと生えた歯を、ひかる琺瑯《ほうろう》質を、ぢいぢいとくいしばる。

内も外もさ。嗄《か》れ声、破《わ》れ声、引き入れ声、音ぶとかろうとか細かろうと、ののしりは響かず。無辺にひろがり無窮にかさなる沙また沙の、ふく風にちぎれもまれながら傾斜《なぞえ》をすべるひと粒ごとに吸われ、呑まれ、果敢無くなる。幾らでも喚くがいい。幾らでも叫ぶがいい。脣《くちびる》についた沙つぶを吐いて、歯軋ませるがいい。くちびる、このあられもなく濡れぬれたにくいろの露出、それは草木鳥獣そして蟲どもにはない、ひとにしかない業腹な余りものだ。もてあまして。この口くちびるの、みだらなこと、乱脈なこと。脣《くちびる》から奥へおくへ、あかあかとした闇をつらね、しら苔むしてあまたの貪婪に敏《さと》い筋肉質の舌、味蕾をひくつかせて涎繰《よだれく》り、尖った犬歯からひらたい臼歯まで、いやらしいまでにしらじら粒揃えて、舐め、啜り、呑み、嚙み、喰い、しゃぶり、喋り、語り、反吐を噯《おくび》を吐き、喉わるまでわめき散らして。何だって舐め、何だって食えるぜ。かくし所のすっぱい肉《しし》おきに口づけて、かじり、ねぶり、むしり、蒸れむれた溝の、くせえ、ぬるんだ匂いをたてて、しかし歌う。朗と唱する。懇々と羞ぢるところない理を語る。ときですら、舌はひんぴんと欲情に撥ね、口蓋は振動にみもだえしている。フロイト先生、いやいやどう仰いましても、他の穴空きでは敵いませんや。こいつときたら、もう、てめえが何のためにあるのかすら、わからなくなっている有り様で。唇、歯、歯茎、舌、口蓋、喉、それぞれがきっかりと役目を果たし仰せてなお、混み合って、からみあって、うしろぐらい共ばたらきを働いて、ふと自らの分際をはずれて、ひくついている。口だらけだ。口だらけ。隠し所をまちがって、一番みだらなところを、まるまる見せて歩き、うろつき、世路《よわたり》する。曲がって、まがって、ちまよって、ちまみれいろで、ちまちまちまたもこれに憂き身を窶《やつ》している。こんなものを見せて、見せ合って、往きかう、生まれては往き、交う、番《つが》う、往生まで、果てしもしらず上になり下になり、身をすりつけあい、おめきあって、うれしくよごしあって、陽がのぼり月がのぼるたびに、群れのなかから誰かが消えている。ちいささ。よごれ、かすれ、欠けるしか方策がない。失策しかない。この世しかない。そのあいだを、縫って、ぬって、すり抜けたつもり、でいるお前すらも、お前だ、お前だよ、これを読んでいるお前さ、その腕で、その頬で、その口くちびるで、そのにおい立てるひとつ身で、まみれて、まみれさせる、その抱擁がまっ青に腐りはじめている。少しずつ、自失のなかでひそひそといのちが漏れる、その屍臭が、汚した骨たち、ほそ作りの骨組みたち、また絡んでゆく、また絡みとられていく、つづく、つづく、このうごめき、どよめき、さざめき、ひしめき、いつから、いつまで、虚《うつ》けた繰り返しをまたくりかえして、ほら、ほら、溶けていく骨たちの、うす濁りしたしろい汁が貯まっていく。むだ骨、むだ骨、頭蓋骨をなでてみろ、その洞《うろ》をあたためてみろ、それもまたむだ骨だが、構うものか。骨が汚されてとけてできたみずうみだよ。また。まだ。歯の生えた太陽が見張るうちはみず油のようにするする辷《すべ》り、肋みせたがりの月が見詰めるうちは白濁した糊のように凝《こご》って沈む。ひるはぬらぬら、よるはべとべと。のんでみるかい。

のんでみるも何も、な。それにしても、汚れと。髭をあたったばかりの頬が、下折れした草のいきれの、生しいにおいをたてている。手のひらで顔ゆがむ程ゆっくりと躙《にじ》ってみれば、かすかに皮膚おもてに埋もれた、肌いちめんにふつふつひろがる針金の様にかたく細い毛根の、芯のようなざらつきが掌にまざまざ残る。はじめて髭を剃った日のことがいつの日か、知れない。何度髭をあたったかも、判らない。

剃るたび刃おもてに集《たか》り、ふりこぼした泡にまぎれて浮く、いちいちが素肌なま皮の脂《やに》っこいぬらつきにまみれて黒ぐろ底びかる髭の滓が、一瞬前までおのれの頰に生えていたはずなのに、ひどく、きたない。落としたその時から、無闇にべとつき、短く折られたおびただしい昆虫の触角のようにぞよめき、油染みしてうすぎたない汗を煮つめた匂いをたてる。いつからか、毎日のようにこれを嗅いで、毎日のように下水に流して、生き延びてきた。まず頤《おとがい》をあげて、喉のあられないしろさを引きむいて、余さず剃り尽くす様のど仏の下のあたりから剃刀を構える。逆手に持った手が止まる。掠める恣意の念が、生煮えのことばになる。今日剃っても、明日また生えるものを。外づらつくろうために、うす刃でひりひり皮剝いて蠟の貌を彫り出すように、丁寧に。昨日剃っても、今日はまたこうして、埃とあぶら染みでねっとりよごれた廃屋の電球のように、くすぶりかえった無精髭がはえているのに。どちらにせよ同じこと、どちらにせよ繰り返し、生えるものを、切りもなく益体もなく削りとって。ものうい。いつからか知れぬ来しかたから、いつまでと知れぬゆくはてまで、そのあいだずっとずっと少しずつ腐っていく、そしていつかはそっと消え果てるこの身ひとつを、あやさなくてはならない。世話をしてやれるのは、その身じしんだけだ。刻一刻とうす汚れ、日の終わりには存外になまぐさい、どうかすると屍体のようにぐったり持ち重りがする、くせに、これが生きているとは。間なく時なく、べったりねばく、垢染みして、汚れよごれていくことこそが、そのうらがなしい証左か。疲れる。疲れたよ。不意の空白に、動《やや》もすると一気呵成に雪崩れてきてこちらを殺《ばら》すあやない徒労を、押しもどし、おしころして、ひたりと刃を喉にあてる。顎さきまで引く。きれいに四角、泡の白みを裁ちきる、ひとすじの帯が、また営々とした繰り返しの、だまし仰せてなま強いにした褻《け》ごとの、そこばくの健《すく》よかさの徴《しるし》となる。眼をつぶって、もの思えなくして耐えれば、すこしのあいだ耐えれば、耐えれば、また茎おれた草の、澄んだ漿液がにじむその切り口のにおいをたてる、小ぎれいに繕った頬ができあがる。そして一日のとば口も。洗い流し、ふきとって、また空白ができかかる。次に何をするのだったか、思い出せなくなる。

そうだ、歯を磨くのだ。と伸ばす、その腕が頓《とみ》におもい。かっ懶《たる》い。腰と水月《みぞおち》のあいだの曖昧な高さで、肘が尖る。尖るまま止まり、なぜこの手順なのか、なぜこの手順を数知れず幾たびも、毎日守らなくてはならないのか、そもそもなぜ歯など磨かなくてはならないのか、また、また汚れるものなのに。無駄なのに。またいつまでも繰り返さなくてはならないのに。いつかは歯抜けた老残を曝すのに。その向こうにあるものまで、見通せ過ぎているのに。誰にでもだれにとっても、そうであるように。判っている。それを摑みさえすればいい。電動歯ブラシの動力の音が、ひくく軋る耳鳴りの音を立てさえすれば、もう仕方が無い。またはじまる。そしてバスルームから出てうすくらがり、彼方から伝ってくるトロンボンの、緑青《ろくしょう》さびが出たようなしめやかな音が俄《にわか》で、タオルを顔に押し当てて、——ぬれぬれた髪に、苔むした磯を踏むようなぬめりが一抹のこる。頭を、洗い忘れたか。まだよごれている。またよごれていく。ひる前の笑い話にも供されるかもしれぬ朝ごとの失敗《しくじ》り、またこれも忘れてしまう程に、繰り返されて。また。まだ。こうして。とって返し泡立てる、手ゆびで地肌をこすり髪を梳く、そのあいだにも、靴を履いて家を出るまでの道のりが遙かで、その手順の途方も無い膨大さに痺れ果てたようになって、あたたかい湯の、筋なす弾を全身にうけて洗い流すよろこびの最中でも、次の一挙動、バルブを閉じるまでが、遠い。とおい。どうしたら、どこまでしたら、一体この部屋を出られるんだ。昨日、それができたなんて。

あかるい。みち行く人波の影がいろ濃く、ひかる天蓋に映え、ひと刷《は》けにくろくけざやかになって、群れむれてしずかに流れ、右手の窪におちていく。吸われていく。静かだ。こころ染む空の青みをかぶって、濡れそぼったようになり、邪慳に肘突いて追い越す老人の後ろ姿が、またみるみる翳って油彩のひと筆になりゆく、流れのひとすじに飲まれていく。逆光になってうち続き、こちらをてんでに眺める面《おも》のくらさが、怪訝な険の彫り込む翳と見えた。立ち尽くしている。この次つぎうねりおちていく人波を、思いがけずその障りどころとなっているこの一つ身を、身のうちゆらめくつかの間の無心の、水煙のしろさに凝然《じっ》と眼を澄ます二呼吸のあいだに腑に落とす。ふりむいて、土曜日の場外馬券売り場に向かう人々とは逆に、部屋へと戻る。そそくさとした挙措になるのは、まぬがれない。胸底で笑みがこまかに、にがく泡立つ。ねじくれて黒茶にこげた飴の様な自嘲の甘さに落ちてはこない。落ちてきて、くれない。ひらたい、あわい索漠の苦味《くみ》のなか、右手でよく剃られた右頬をすりあげて、つややかな肌ぐあいをたしかめ、ふとてのひら返して甲を左頬にふれると、ざくりと強《こわ》く、ほのかに撓《しな》う、横顔いちめんのそり残しが、かるい鑢《やすり》のいたみを刺してくる。相当だ、と呆れる心地になった。

こんなことに一々、幽かにでもしばし歯軋りが入り用とは、保つものも保たない。どうか、してる。な。禁《いさ》めか揶揄《からか》いか、そんな声を身の内でひとごとのように鳴らして、また風呂場の前のくらがり、タオルを左頬に押し当ててしばし目を瞑り、膝がしらの骨《こつ》まで深々《しんしん》と冷えがつたい、ぬれそぼつ氷のおもての滴りのつめたさで染みこんでくるのを、たしかめている。春はまだあさい。おさない。ぼっ、と上着の背をふくらませ耳朶をかすめて鳴り吹きしだく風の、さむさの凜冽を不意にゆるませる、ほのぬるい、かすかに甘いかゆさのただ中に、芽ぐむものどものなまぐささが微量ひらめく。その潤《ほと》びのなかに、萌え立ちのなかに、すでに同じ身のくされる、老いさらばえの匂いが、その兆しが、こめられている。いた、のは、昨夜の帰路のことの筈だ。それとも、去年《こぞ》か去去年《おととし》か、また同じような冬の終わりのひと日の、風繁《しぶ》吹く夜のことだったか。野辺の送りをいくつか経て、そのあとさき、みじかくない日々を明け暮れしてきたというのに、指折り勘定しかねないとは。まだ身に添わないらしい。

ふと、鳥の子いろにあわい板張りの床が、明かり採りの窓からふり下るひかりを反射《てりかえ》すそのおもてに、いつ放り出したか、起き抜けの恰好《なり》に茫々とやぶれ、型くずれ、かしいだ便箋の封をあけた姿が翳りがちに見えて、訝りながら手を伸ばすと、のめりかける身をささえる膝に芯が通らず、折れて、おれて、ぺたりと手を突けばかすかにわななわな慄える肘が、死んだ甲虫の関節がゆっくりとひらかれるあの粘《こし》で落ちて、そのまま腰が右に雪崩れ、女のように膝揃えて全身撓垂《しなだ》れ、ごつり、と大柄な骨が板にうちつけられる響きがつづくと、不意に頭蓋のおもさがずっしりけうとく、頸がかくんと揺れて、ままに掌の甲に顔を押しつける形になり、ひたりと床のつめたさの上に落ち切ると、ぷつんと何かが切れて、何も思えなくなる。

息を吐いて、はいて、そのたびにしらじらぼやけ、濡れぬれていくその目前の霞みが、姿見に映えるこまかな水滴だとしるまで、そうしていた。もつれあうか細い醜草《しこくさ》の黒む線がみだれてからまる、体毛が蔽《おお》う半裸が、跼《くぐ》まるどころか潰れ、へたりこみ、妙なはだ白さがいやらしい、一盛りの肉塊になって見え、ぬらめける嵩おもさにあかい憎悪を剝きかかる、その強ばりすらもかたまらなかった。身のうちの岩が干割《ひわ》れ、身のうちの草木がすがれ、身のうちのけだものが萎えている。頂に、ぎらぎらと月だけが眺《み》る。眺ている。打ち霧《き》らし、内も外も一面のいちめんの白びかりに散《あら》けていく。のを、かちりと合った奥歯の琺瑯質の、のろわしいまでいつも通りのあの嚙みぐ合いで、耐える。まだ。また。

遠く、しめやかにトロンボンが鳴る。陰惨なようにくぐもった金物の音が、別の、携帯電話の呼び出しだと気づいたときには、相手が呆れていた。

土曜も何も、会社辞めてから何年よ。その日のうちの午さがり、暮れ方には間があるくらい、駅前の巨大な繁華をのがれるようにして存外にもつれあう、条里なく撓《たわ》みくねる小路のつらなりを歩いていき、辻また辻に入り込んでいく、と、あれだけ濃く、こく、ざわめきに聾されるあまり静もりがひろびろと渡るかの様だのに、たった十分たらずでひとけというものが消え果てて閑散、不意のものを叩き車が走る遠鳴りがかえって耳にいたい、何かしらじらとした住宅街のただなかに、場違いなまでにあざやかな茄子紺に白ぬきの大のれんが緩《ゆる》らかにはためいていて、そこが皆川が待つ蕎麦屋だった。若い職人が独立してまもなく、蕎麦っ食いのあいだで瞬く間に評判を取った店だそうで、この頃合からすでに賑わっている。皆川らしく既に馴染みの様子で、奥の半個室の座敷に通された時には、日やけして精悍なつら魂を破顔させる、おなじく茄子紺の和装を纏《まと》った店主とつかのま談笑している。や、前の店で修行してた頃から知ってんだよ。で、何飲む。

ていねいに磨かれていっそ豪奢な紅鳶にそこびかり、つま先の、程を知るまるみがゆかしいウィングチップをながめながら框《かまち》をあがると、休日の筈なのに、まぶしく真しろいぴりっと清潔なシャツが、当然のように仕立てが佳く、喉元に二つならぶ釦《ボタン》穴のまわりだけ、さくら色のステッチでこまかに縫われ囲まれているのが、いかにも皆川らしい伊達だとおもわされた。そうなんだよ、莫迦みたいだろ。はは、そこでやっと疲れているって気づくっていうのが、まあねえ、君らしいっちゃ君らしい。君という二人称が、気障に響かない男だ。

おすすめは。ああ。いいですね。じゃあそれで。なにくれとなく蘊蓄を傾けるのが昔日のならいだったことを揶揄《からか》うと、鼻の頭に皺をよせて苦笑し、まあまあもうこの年ですからね、と運ばれてきた山廃大吟醸の、涼しげな無色の切り子徳利をとりあげ、さしだしてくる。不思議ななつっこさで、人好きがして、大げさな嬉しがらせなど何も言わぬくせに、誰も彼もふと気づくと寄られて、なじまれている。それと知られず、いつでも半歩だけうすくしりぞいて、ひとを視る。その力のなせるわざか。細いつくりの、銀ぶち眼鏡の奥の、切れ長の瞼のさらに奥の、色あいめだたぬ、ほのかに色薄くつめたい眼差しが、相変わらずだった。ま、そりゃあ、あれだよ。君とちがって、会社の買収なんてなあやくざな仕事でね、こうながいと、それは視ますでしょう。江戸っ子らしく、三十代にしてはかすかに噺家のような口調が、なにか余香のようになる。

え、どういうこと。折り入る話があって呼び出された筈が、板わさ玉子焼き鰊の煮付けに殼付き海老の味噌焼と、いつ頼んだのか次々運ばれてくるのを、若いころの青くさい夜明かしさわぎから果てしも知らず、途切れもせずにつづく四方山話にまぎれて摘んでいると、ふとこんなに人と話すのは、いや口を利くことすら久方ぶりのような、内にこめて頽《ねま》る何かがひそひそとほぐれていき、下笑みがこみあげてきて、まちかねた粗挽きのせいろをたぐる手を伸ばしたその時を、じっと見計らっていたのだろう。あのさあ、京都に部屋があるんだけど、そこで休むとか、どうよ。

と、爽《さ》っと投げてきて、そのまま諾否もきかず、耳にそそぎやすいようにあわく、あわく、まるで手土産の羊羹のひときれでもお裾分けするようなきがるさで、話を続けていくので、沁みて痛いくらい澄みきった硬水が目のおくまで滴ってくる、ような、蕎麦の香のすずしさを無心によろこび、外連味《けれんみ》ない酒精のしずくで口くちびるを二たびしめらせて、ふと目がくもらわしく、皆川の口のうごきだけ眺めくらすようになって、ようやく遮った。いや、そういうことだよ。行くでしょう。

どうせ一度目は、きいていない。話を飲ませるための、捨て石だ。そのことを前もってみつくろっていたか。もう一度、飽きも呆れもせずに、すらすらと概略を話す。や、だからさ、塩澤さんって紹介したじゃん。おれの前の会社の、上司の。そう、あのツイードのジャケットに赤のチーフのほうの。わりと話合ってたじゃん？その塩澤さんがさ、ニューヨークの本社にまた行くことになっちゃって、で、京都に部屋持ってるんだよ、あの人。うん。家族はもうあっち行っちゃってるわけ。で、人を入れない部屋はわるくなるし、最低でも一年は戻らないから、使ってくれって言うわけ。もちろん信用できる人をってことでこっちに話がきたわけだけど、君どう?

いや東京で仕事が、暮らしが、云々という抗弁は口先だけで、ひかれていた。東京に居なくても出来る仕事でしょ、元々。あとお前、痩せた。

しん、と、この二時間ではじめて、冷え込む黙《もだ》しが二人のあいだにひろがり、そのなかにまた、気遣わしさを感じさせないほどにきづかい、負い目を引け目をかけないように拵えた、まなざしとことばを投げてくる。君という二人称を捨てた、学生のころのことばだ。あれから二年でしょう。休んでないじゃん、お前。独り身になったんだし、半年くらい休んでいいと思うよ。それくらいの蓄えは、あんだろ。

ぽん、とよく響く、あたたかく乾いた音を両の掌でたてると、話が決まった顔をして、まだ肌ざむいしさあ、種物もなにかいっときますか。食おう食おう。つきあうよ。そうだね、やっぱり鴨かねえ。と、太平楽な笑顔をつくってみせて呉れるのだった。

とはいえ、仕事のほうがそうそう離してくれる訳がない。周囲に半年ばかり仕事を休む旨触れ回っても、残る仕事はあるもので、泣きを入れて締め切りを遅らせ、断れるものはことわって、何くれと身辺片付けていれば、発つのは六月の後半になると踏めた。三ヶ月余りのお預けになった形だが、休むと口にすると皆揃って腑に落ちた顔をする。少しずつだがしかし確実に、痩せて細っていくのを、指摘してもよいものかどうか内心戸惑っていた、らしい。苦笑させられた。では半年後にまたお仕事の依頼を、と言ってくれるのは有り難かったが、ともあれ休暇を取るという事についてはみな得心するようで、そんなに窶《やつ》れているかと鏡をしげしげ覗き込む位の余裕は出来た。いずれ離れるものとなると、日々がかるくなる。毎日が早引けのようになって、多少重いものもあった三月ぶんの残務もやや気楽に済ませられる、どこか無責任の佳味がふつふつ明け暮れににじんできて、逆に戒めが必要になった。送別会という程のことでもないと、集まる面々それぞれの都合もあって無闇とせっかちな日付になった酒宴をいくつか固辞し、それでもと場を設けて貰った集まりでは殆ど箸を置いたままで過ごしていることに気づかせられ、そこではじめて成る程瘦せる筈だと秤目をたしかめた。十五キログラムは減っていた。逆に、あれ丈の事をそれ位の目減りで済ませているのだから図々しい、薄なさけといえば薄なさけで、頼もしいような羞じ入るような心地になり、しかし自己諧謔のうすら寒い甘さも立って、それもまた久方振りのことだった。

白木蓮の樹の細枝が、滅相もなくかるがるとしためかたであるかのように、小柄な掌ほどもあるしろく膨らむ鳥のような姿を、いくつもいくつもとまらせている。鳴きもみじろぎもせず、ただ風にかすかにゆられもまれている厚づくりの花瓣が、少しずつふちから焦げたようにくさり、ひりひりとめくれあがって、風もない夜があけると、目のまえでひとつふたつと落花していく。いぶかしいまで無音のまま、地にころがって。不意にさきそろい、枝振りのたおやかさにつりあわない、しろく誇らかな純潔にふくらむあの花びらが、良心も潔癖もきょうの限りとばかり、あかちゃけて、累々とふみつぶされ、すりへらされて、透いた花のおもてが細かな筋をうき出している。つんと目に来る、むずがゆい、旺盛なみどりの兆しがしこたまに詰まった春つちの生理が、雨ぬれてますます盛んで、その上にたおされてくねり汚れる白木蓮の花の、躙《にじ》られてくしゃっとつぶれた姿の狼藉は、わずらわしいまでに繁りだして申し分なくゆかしい、春の熟《な》れ爛《ただ》れを知らせた。くたれて、ゆたかににおう。金管の幾音か立ち上がる、おそるおそる、かすれてのろい音が真うしろで鳴り、いつも屋上でトロンボンを練習する若い男の姿の、尖った後ろ姿をとおく目にした。外れにちかいとはいえこの街中、近隣のさまたげにならぬように、どのような算段をこらしていることか。

木蓮のさく白さを目の底になみなみうつして、貯めて、桜花の姿がはいりこめないでいる、らしい。するも終えるもつぎ込むものの多寡も、その代わりみかえりも手前の一存、には終わらない、気を抜けば少しくひとに迷惑がかかる質《たち》の仕事にかかって、しんねりと息を凝らす机の前でのこわばりを、そのままひきずっていたか。

打ち合わせの帰り、似我蜂《すがる》が一すじ二すじ飛んで黒くしなう弧線をえがく、かがやかな春ぞらの、絹層雲がたなびく色うすさの下を、影が多い表通りをさけて、一駅分を一本うらみちをぬけて帰るすがら、さくさくと晒《さ》れ貝をふみぬいていくかすかな磯の感触に目がひらくと、いちめんに散り敷く細かい桜の花片のしずけさがいたく、堆《うずたか》いしら貝の残骸どころかあわ雪のようで、口凌ぎの案じごとのためとはいえ、みずからの昏い没入の苛《きぶ》さがあらわにみだらで、辻を折れると視界がしろく、しろく、しろく、ましろく、これで了《しま》いとばかりの花吹雪のなかに立ち尽くさせられ、いちめんにいちめんに空にちらばう葩《はなびら》の薄さを透かしてみえる葉桜の、明澄さがいたい、桜木のひとむれが通りへかしぐ光景の、つつましい壮麗のなかで、ぴしりと小枝の踏む音がする。細く、ながい息を吐くと、かえす吸気に、桜葉を嚙むほのあまい苦味がしのんでいる。貪婪の翳がないやわらかな餓えが、ふと臓腑から立ち上った。

帰ってくると黒々としたケースを手に提げた男にせまいロビーで出くわした。あのトロンボンの音をたてている若者が、同じ住まいということにおどろかされ、エレヴェータを待つ間、つい、トロンボンの練習をしている方ですね、と声をかける。かるいが険しい、警戒のまなざしをなげてくる。怯えに似た何かが混じる。ご迷惑ですか。ジーズ・フーリッシュ・シングズでしょう。アート・ペッパーとか、スタン・ゲッツの演ったのが、佳いですよね。安堵か。くずす相好で、お若いのにお詳しいですねと、これは見たところは年下に言われる科白ではなかった。や、おいくつですか。ああ、でも、今のその世代のかたって、モダン・ジャズはあまり詳しくないじゃないですか。かもしれないね。ジャズ・ファンクとかでしょう。ですよね。えっ、僕ですか。二十五になります。院生で。ジャズ研で。はい。あと、これトロンボーンじゃないんですよ。バス・トランペットです。そうなんだ。いつも通りに背中を向けていたからですかね。音でも、コルネットとかフリューゲルホーンとかと、よく間違えられて。ややこしいんですよね。それは、聞くだけの人には、わからないんだよね。実地に演る人じゃないと。と、そこでエレヴェータが止まり、四階で降りていく姿を見送った。ざっくりと編まれて臙脂に赤いセーターの背が、思うよりひろびろと、おおきい。

何か不思議だね。大学で練習すればいいのにね。院生が住むにしては、そんなに安くないだろ、君んところも。いや、四階から下はワンルームマンションらしい。そうなんだ。毛蟹が出てるぞ、蟹だ蟹だ、蟹を食おう、とメールがあって、馴染みらしい和食屋に連れて行かれた。そんなに蟹が好きだったか、と聞くと杯を持つ手がとまり、明るいくろ目がくるっと回ると、いや、そんなには執着してない、箸、とこれは心許なげで、杯を置いて真正面からたずねる、年末の上海蟹って君と行ったっけ。それに無理くり連れて行かれて、そこで塩澤さんと引き合わされたんじゃん。松葉蟹は誰とだっけ。知らないよ、そんなの。

そんなに蟹ばかり食っているわけじゃない、などとぶつぶつ言いながら、蟹ばかりを出す店でもないのにお任せでは足りず、もう一匹持ってくるよう手筈を整えていたそうで、するすると清水の流れのひとすじを手で掬うような恰好で、甲殻からむきだされた味噌だのぬれぬれて白びかる肉だのを正確な箸使いで呑んで仕舞うのだった。こちらは蟹の旬がものによっても漁場によっても違うということすらたった今知った。皆川は美味いもの喰ってないと死ぬからなあ。死ぬねえ。そこをこらえて、くたばっちめえというのは、そりゃあ無理な相談だねえ。と、急に心底可笑しがりながら、清《すが》やかに白地がおおい、紺赤白の細身のレジメンタル・タイに、あやうく腥《なまぐさ》くしめった手ゆびをやりそうになり、和食の店なのに卓上置かれた錫の瀟洒なフィンガー・ボウルをそこではじめてつかって喉元をゆるめ、あっちでは飯どうするの。あっちって。京都だよ。一人で暮らすんだろ。ん ー、まあ、適当に。君さ、自分一人のためには料理が作れない質《たち》だっていってたじゃん。言ったね。大丈夫なの。どうなんだろうね。他人事みたいに話すなあ、少しく鼻じらんだ顔をして、最後にでてきた、うす切りに切った竹の子と蕗を釜で炊いたあつい飯の焦げをうれしげに嚙みながら、一通り部屋には鍋釜揃ってる筈だけど、料理できるんだから何か道具でも買うといいよ。道具？　錦市場に有次って包丁屋があるから、そこの包丁とか、どうよ。俺もペティナイフ持ってるし、三笠さんも使ってますよね？　と、カウンターに立って静かに何かの身を削いでいる料理長に不意にたずねると、この刺身包丁もそうですね、と、姿勢をくずさず、刃おもてをあげて見せる訳でもなく、そのままに微笑んでみせる。すみずみまできりなく清潔な、まぶしいまな板の上でゆっくりと、ていねいな身捌きでうごいては、白身を剃る、刃の銀がさらにまばゆい。この冴え返った鋼の鋭角に注がれた鍛錬は、数かぎりない屍肉をきり、つくる、その殺《ばら》し屠《ほふ》りのかげをぬぐうためのいちずの専心、と、その精進、の果てに繕われたしかばねたちを喰っている最中のくせに臆面もないような事がうかびかかる、のを、断ち切る。や、道具をすこし頑張ると、やる気も出るよ。一通り作れるのに、どうも君は自分を――そうだなあ、粗末にしちゃいけないよ。皆川が言うと迫力があるな、と往時を掘り起こして混ぜっ返すと、聞いていないふりをして、そうだ、すぐ夏じゃん。折角の京都なんだから鱧でも食べなよ。ひとりでは行きにくいだろうから、七月になったら俺、そっちに鱧喰いに行くよ。と、すでにこちらを京都に置いて、よい口実ができたとでも言いたげな、ほころんだ面《つら》つきをするのだった。ちゃんと喰ってるのか、というような、うるさい親のようなことを言いたくないのだろう。だからこうして連れ回している。そういう男だ。と、タクシーを降りていくその背をみていた。

東京駅十八番線を十三時五十分に出る新幹線のぞみ一一三号に乗り込むまえに、なにか読むものをと駅構内の書店をめぐってみたものの、どれもなにか、その表紙題名からしてどこかしら煩わしく、うるさく、かといって隠者気取りのために西に向かう訳ではないのだと意固地なようになりかかって、手にふれた文庫本をそのまま引き抜き、車中でひらくとある黒人音楽家の自伝で、しかも十数頁も行かないうちに用あって一たび読み通した本と気づく。誤訳指摘は子どものあそび、あお臭い稚気のなせる事、と、いましめる旧師の諭す声がひびいた。かなりの分厚なその軽装な本を、さらさらと読み飛ばすことにきめる。存外に、おぼえている。降り立つのははじめてである筈の京都行きの、先が思いやられた。こうして、いつか、どこかで通り抜けたはずのことごとを、場を変えてくりかえし抜けていくことになる、のだろうか。ものうく。完璧主義者の音楽家は若い日に、満足するまで何度もなんども執拗に録音しなおそうとして周囲と衝突しかけ、私が何しようとしているか誰にもわかっていなかったが、私にはわかっていた。自身がわかっていたということを私自身がわかっていなかったか、いつでも私はわかっていた。という、混乱しているがものを紡ぎうたう人の宿痾から放たれるしかない、そうではなくてはありえないものいいが、きっかり急所にうちこまれた細針のひと刺しの痛みになって伝わってくる、その一行だけ目にとまり、常用の付箋もないことに気づかされて、頁数を書き込めておくのものうくなり、スマートフォンで写真をとっておけばいいというような細工もその場で思いつかず、そのまま閉じて了《しま》うことにした。名古屋を過ぎてから、めずらしく睡りが降りてくる。睡りの浅瀬におぼれて、彼女の夢をみる。

あの懐かしい、おとなしやかな風采《とりなり》、と、まだ半分夢のなかにいるような呆《ほう》けた泥《なづ》みをひきずって、気がつくと改札を抜けていた。ひとけが薄いほうに出たらしく、どちらが便利だったか聞いていたものの、そのどちらがこちらかすら判らず、おぼつかないまま車をとめて、印刷しておいた住所を運転手に渡すと、そのまま瞼がまたおりてきて、すっかり街中を走りとおした後にトランクを手渡された頃には、はじめての古都の街並みに少しはうかれてもいいだろうのに、その手の張り合いまで無くしているその茫乎《ぼんやり》とした、いっそふて腐れたと取られても仕方が無い態度に、手前のことながら愛想づかしを言ってやりたくなる。不意のつかれで、入り込んだ奥の部屋の寝台にうつぶせると、枕に瞼をおしつけるようにして、また眠り込んだ。

魘されている。うなされていた。数秒前までの、手前の、筈のものの、ひとならぬ呻きの残響を、かすかに聞いて。昏々としていた。肩ぐちからあっけなく切り落とされ何も、何も伝わって来なくなったみずからの血ぬれた片腕を、もう一方の手で丁度かたく握手をする様にぶら提げてあるく、そのずしりと存外にむごたらしい重みが、ひとつ身の隅々までひろがり、しびれはてて懶《ものくさ》い無痛の、鈍い放心にしずめている。あさい、息がはやい。瞼にうらうつりする、追憶と夢がからまる切れ端の、汚水にまみれた像がむすびかかる、のを、目をひらいて横に薙ぐと、しろい天井のおもてに外からそそぐ夜のひかりが瞬き、常春藤《きづた》のように匍う文様をうねらせている。息を深めて、ふかめて、ゆっくりと肚にこめて、起き上がる、のが中途でくずれ、肘をついた先が不意にやわらかく、あがく両手が甲斐なく空を切る。ひんやり蹠《あしうら》を突いて理を勝たすまで、どれくらいかかったことか。そのあいだに嗅いだ、凝《こご》るくろ血のにおいも、濁り水にねっとりふやけた肌のにおいも、夜の溶く墨と夢の馬棟《ばれん》に摺られた過日の残りだと悟った。ここが何処なのか、判る訳がなかった。

あおぐらくひき剝かれてひりついたまま、やまない餓えをわずかな縁《よすが》に、羽織るものだけを手に外に出ると、廊下なりエレヴェータなり出入り口のオートロックなりのつくりに一いちまごつかされ、夜の住宅街の、索漠とした街路に出て水のにおいがつよい大気をふかぶか吸うと、やっと、ここは京都かとあやしみかかる、みずからのとりとめない虚《うつ》けさを、あざける力の持ち合わせすら、ない。あてもなく歩き出し、さだまりもなく左へ折れ右へ捩《よ》れ、条里の規矩が届かずほどけていく横道をぬけて、私道にまよいこんだかと心が細り、抜けたところで広い通りに出て、そこに饂飩屋の灯りをみる。饂飩の出汁を啜り、啜り、すすりきって、白ぶとい麵が鼻づらになだれかかり、麵一本種物ひときれも喉をとおさず汁だけ飲み下してしまったのに気づいた時、店に這入ってから丼を置くまでの憶えがまるで無いことを悟って、俄に内心ふためき、狼藉ととられても仕方がないそのぬれた顔をあげると、紺染めの前掛けの姿がどんな気安さも見せぬ仏頂面で丼を取り上げ、固唾をのむ、まえに、なみなみ出汁を注ぎ直し、片笑みなく目の前において、凝然《じっ》とこちらの手元だけをしばし眺めるふうだった。そのような客は、あしらい慣れている。

そのような客、とはいえ、どう思われているのだろう。母方ゆずりの、眠剤がかかせない質で、ひとそろい月日をかさねて試した組み合わせの、手元にないと知るや不意に怯えるような様《ざま》なのに、誰より間近いこの身のことをわすれはて、昼夜となく昏々とねむり、ねむり、余暇だの退屈だのおもう間もなく、起き上がるとよろぼい、小路をまたまよい、毎日ひる夜となくその饂飩屋に辿り着くと、時には二杯を空にして、店を仕舞う前に同じ日に同じ恰好《なり》でくる明らかに土地のものではない男を、どう見ていたか。蓬髪、無精髭の、身なり整わぬ時もあったに相違なく、しかしその憶えもないこの身が空恐ろしくなったのは、また丼を前にそっと置かれた、その瞬間だった。どうやってここまで来たか、またおぼえがない。ふとてのひら返して甲を左頬にふれると、ふつふつと一粒ふたつぶ、黒いそり残しの芯が、あま皮から頭を出す小針のようにあたった。滑稽なような安堵に、似合わぬしわざと知りながら、つい両手を合わせて、箸を割る。半分ほど啜りこんで、はじめてその立つ香のあざやかさ豊かさにうち驚かされ、目をみひらいて見渡すと、ひかりが昼だった。賑わっている。啜るごと喉を辷《すべ》りおちてゆき、水月《みぞおち》をあたため、仄か額を汗染みさせる。もうひとつ、一体ここは何処だと首をひねっている誰かが、おのれのなかに、まだ居残っている。

店をでて歩き出す。鰹の出汁の、かんばしい息をはいているのが、うれしい。何気なく脚がつれていく角を折れる、すこしく寂寞《じやくまく》とした光景にみおぼえがあって、不意にふりかえっても、まだ見知った径だった。変だ。な。そのまま脚に任せると、なつかしいような姿の梢の裏に、仮住まいの高い屹立がみえて、そのあまりの近さに、かえってこの建物でよかったのか、幾度もたしかめる羽目になった。

時計の日付をみると、一週間経っていた。啞然とさせられた。

骨身を削る、などと言えば大げさに過ぎる。けれども、どこか身のみえない箇所に穴がひとつふたつ開いていて、そこからひそひそといのちが漏れ出ているような、甘くなって仰臥の姿からゆらゆら揮発していくわけでもなく、苦みとなって身の底に凝《こご》り不意の病臥を強いるでもない、その何か知れぬものが吸われすわれて、瘦《やさ》かむ身のおもてが干割《ひわ》れ、ただただ節々に砂利を嚙ませてきしらせ、皮膚いちまいが辛うじてひきずる襤褸《らんる》となる疲れだけが、この二年の精勤、蟻の精勤のみかえりだった。その前から、報いないことは判っていた。が、他人からどう見えたかはともかく、立ち静まりだけ、それだけを避けるために、ぶざま躄《いざ》るようにただ勤めに打ち込んできた心算《つもり》でも、その仕事が何らか手足つくそれなり堅固な頼りだったには相違なく、その軛から放たれることが、かえってこの有り侘ぶような喪心を誘《おび》いている。のだ、ろう。と、ほのかに鉄錆が香る、血の匂う。乾いた脣《くちびる》が切れて、うす血が滲んでいる。誰かと同じように、誰もとも同じように、毎日くりかえし、飽き果ててなお、それでも同じ手順をくりかえし、なおもの憂く、垢染みして、汚れよごれていくとしても、それがすべて徒労だとしても、残された者は、生きていくよりしかたがない。他に、どうする。それもまた誰もと同じ、月並みなことだとしても。繰り返されてきたことだとしても。それが、どれだけ容易《たやす》く、流されて果敢なくなることだとしても。どこまでもつくろい利かぬ、襤褸《ぼろ》を曳きずって、沼地をよろぼい彷徨うことなのだと、すでに知れてしまっているのに。それでも。

——この内へのあられもない、はしたない没入が、まずは否むべきだと見切りをつけて、立ち上がった。身支度を始める。ひとつひとつ、目の前にあるものに手を伸ばしていけば、いつかは、いつかは切りがつくことだ。ほとんど着るものがない。うちつづく雨もよいがひやす肌ざむい大気をしのぐために、こちらに来てから一度も袖を通していない、着古してはいるがクリーニングのナイロンに包まれたままで置いてあった、漆黒の胸元に白のチェーンステッチが入って薄手のコーチジャケットを着込むことにする。季節柄、同色の中折れ帽《ソフトハット》を被るかどうかしばし迷った。

とはいっても、京都のことは何一つしらない。車をとめて、運転手に行き先を尋ねられてから、困惑させられた。咄嗟に、一番賑わっているところへ、と言っても、車を出さない。見るとハンドルを握る老人のほうも、困り果てている。観光ということではなくてですか、と、土地の言葉を使わないで尋ねて来る。繁華街のほうに、買い物なので、と言うと、ほんなら河原町でいいですか、デパートとかあるのんはそのへんなんで。東京で一番賑わっているところへと言われた時を想像し、あまりのその茫漠とした言いぐさに呆れはて、思わず片笑みを漏らす。バックミラー越しに、怪訝な視線と目が合った。

河原町交差点と声をかけられて、降り立つ。空がひくい。白びかってこめる霧のようにきれぎれ対流しみじろぐ曇天が、彼方にむかって闊《ひら》けていて、淡水のふきあげるかすかな鉱物の味が、一様にゆるやかな微風になってながれくる。あちらが東か。河があるか。昼さがり、満ちる人の歩みの大勢にさからわずそのまま南に渡り、百貨店を冷やかしながら裏ぐちに抜けるつもりが、地下に列ができていた店にならぶ酔狂がおこって、季節ものだとの触れ込みとはいえ、なぜ荷物にもなるのに巨峰とラズベリーとヨーグルトの金平糖などというたべる当てもなければ似合いもしないものを提げてあるく運びになっているのか憮然とさせられながら、路地へ入りまた大通りに出る、を繰り返してめあてもなく何かなし行きあたった書店に入ると、海外をのぞけば箱根から西へ出たことがないことに思い当たって、いくら何でもと三冊ばかり京都案内のたぐいの本を買い求め、小脇に抱えると服も殆ど持ってこなかったばかりか、常用提げてあるく鞄すら東京に置いてきたことにも気づいた。路上ばりばりと袋をやぶいて本を参照し出すのもはばかられ、そもそもそういった服飾など扱う店を紹介した本ではなかった筈で、つまり同じようにあてもなく歩き出す他に術はない。足が向くほうに逆らわず、どうも店先の構えが拒んでいるようだと思えば知ったものを取り扱っている服屋でも入って行かず、これは確か高名な和文具を商う店ではなかったかと看板を見上げるもいまは用がなく、見た目は瀟洒だが持ちあげると存外に堅牢な革鞄をならべる店で、そそられる品がなくはなかったが持ち手の皮革の重厚さがすこし余るようで、そのすぐ隣の、手狭な店と思って入るとなかは意外にひろいセレクトショップの、ぐるり見渡してまずは好みのものが居並んでいることをたしかめ、物色をはじめると、すうっと、かるい身ごなしで出てきた若い女性と目が合った。スタッズが襟に、裾に白いレースが入った、つるんとした小さめのつくりのデニムワンピースを着た姿が、身ごと仄かにはにかみ、のめるようになる。すこうし、待っといてくれはりますか。と、あかるく拵えてはいる声色で、しかし静かに囁いて、もう一度奥に入って行く。

とおい、調子のよい話し声がきこえると、また直ぐに出てくる。と、今度は眼鏡姿になっていた。一歩半だけ余分に入り込んできた、囁く位の近さをすぐに腑に落とした。みぎ目にふた筋三筋と、血管がむごい鋳入りのように浮いている。白い肌おもてに、ひどく目立つ。コンタクトですか。あ、申し訳ありません。きのう、新しいのに変えたんですけど、何だか合わなくて。と、土地のことばが抜けた、客に接するために練った声から、低くかすれた、黒砂糖のようなくすんだ味が立った。コンタクト合わないと大変ですよね。充血しちゃって。あ、目立ちますか。眼科いった？　いえ、たぶん元に戻せば治るかなって。目ぐすりは、さしたんですけど。と、右目だけかたく瞑ってみせる。左の白目が、ふとほの青い白磁のひかりになる。念のため痛みがないか尋ねたあと、いくつかカットソーとシャツのサイズを出して貰って、淡いブルーとベビーピンクのチェックのシャツの色を選ぶのにすこし暇取り、どっちがいいか尋ねてみると、仔細ありげにブリッジに中指を突き、大ぶりの黒縁のフレーム越しに拡げたシャツとこちらをまじまじ見て、みて、みくらべて、不意にこっち、と肘とがらせて、ベビーピンクのほうを指さしたひとさし指の爪が、短めの、白とベビーピンクのフレンチネイルにつくってシルバーのドットがちりばめられていて、こっちのほうが、お似合いだと思います、と取り繕った口くちびるも同じいろに下笑んで、チャコールグレイの薄いリップストップ生地のコットンカーゴパンツと、これ、これは絶対にあうと思います、可愛いです、と奥からわざわざ持ってきた派手でもなく地味すぎもしない、絶妙なさじ加減で色取られたパッチワークショートパンツを試着していると、試着室のカーテン一枚むこうの気配がゆらめき、すっぱいような、落ち着かないむずがゆさに似たものが伝わって来て、えっと、ごめん、なさい、ちょっと変わってもらいます、ね、と、案文しきれていない科白が聞こえてきて、試着を済ませて外に出ると、枯茶に結い上げた年かさと見える女性ときゃあきゃあ抱擁《ハグ》していて、離れるとこちらにも幾度も頭を下げて、いままでお世話になりましたあ、と、これは京ことばの抑揚で、どう受け取ればよいのかわからない言葉を投げてきて、腕時計を見るなり泡を喰って、トートバッグを二つも三つも持って店を出て駆けだしていく。ともあれ、あわただしい。が、一いちの振りこぼす仕草が花やかなのは、あの歳ごろの特権か。と、後ろから、騒がしくしてしまって。本当に申し訳ありません。実はあの娘、アルバイトでよく働いてもらってたんですが、大学の勉強のほうが忙しくなったとかで、今日きりで辞めるんですよ。低いよく響く声は、店主とおぼしい、同年代よりやや上か、やや過ぎるくらい細かい織りの薄手なヘザーグレイのジップアップのニットパーカーに、細身の麻の生成りのジャケット姿の、微笑みを絶やさない姿からだった。本当にバタバタしてしまって……と、照れたように振り向いた、塩梅良くくすんだ結い上げ髪にあわいパープルのシャツの上にざっくりと白い透かし編みのサマーニットを羽織った女性は、さしずめ先ほどの娘の姉貴分で、この店主の妻といったところに見える。えっ、わかりますか。実は先々月結婚したばかりなんで、と、目を丸くされた。そんなところに敏なほうではない。当てずっぽうがあたったたまでのことだったが、少しく話が弾み、微笑ましいのろけをたまさかに聞かされることになった。

大きな紙袋を二つ持って店を出かかる、と、両手がふさがって額にかかる、すくなくともざっと三ヶ月は伸ばしっぱなしにしているはずの長い髪が、この季節にはものくさい、ばかりか、どこか野暮ったいようにも感じ、店主のかりっと丁寧に刈り整えられた、しかし若作りにはなりすぎない、渋い髪型が目に浮かんで、とってかえして美容室の心当たりをきく。や、それはえろうおおきに。せやけど、上手な美容師さんがおって、ぜんぶその子にまかせっきりなんですわ。快くその場で電話を入れてくれて、偶然その馴染みの美容師の手が空いていることがわかり、その場で描いてくれた地図を片手に、そこに向かうことにする。細い筆跡《て》、しかしくっきりとした果断をしめす線で、ざらつく目の粗い紙ににじみがちな水性ボールペンで描かれた地図は正確で、土地鑑のかけらもないこの脚を迷いなくそこに連れていって呉れる。

ひろくはない。が、かすかな粒立ちと塗りの跡を残した白壁に、故意に多くしているのだろう、空調にゆっくりとゆれる観葉植物《グリーン》がふさやかに透かされて、きりない影の濃淡の色合いを落としている室内はぱりっと清潔で、ほのかに、しかしはっきりとした、何らか音楽上の趣味が感じられる。しばし待たされる革張りのソファの肘掛けに右腕を立たせると、自然手ゆびが頰にくる。ものうい、髭の粒の薄いざらつきが指の腹にふれ、持ち手がながく、小ぶりなつくりでからからとよく鳴る、ステンレスに琺瑯がひいてあるちり取りが、切られて床にちる髪の毛をつぎつぎ呑んでいくのを、みている。寝みだれてはまた整えられ、ゆたかにつやめいて生きていた髪も、一度きられ、離されてしまえば、にがく、くろぐろきたなく、ちりちりと棘《おどろ》で、色くすみ、乾ききって、事のはじめから屍体に植わっていたように、まがまがしい。さくりと音がして、そのたび銀がぎらっと光り、鉄《かな》けと髪の匂いをたてて椿の花の様に落とされていく先客の、その一房ずつ、すっかり死んでちらばい、塵となってあつめられていく。髭と同じだ。毎日、毎分、はえて、伸びていくものだからな。生きているかぎりは、よごれ、欠けていくしかないのと同じで、この塵芥をくろぐろだしていくしかない。無惨に。死に化粧の時に、屍体の髪の毛や髭が伸びたように感じるのは、錯覚の類いで云々、という業者の文句を、苛立ちもろとも思い出しかかる。うち消そうとしても、むなしい。目の前に横たわる累々とした髪の房たちが、こうして集められ、この繁盛していそうな美容室の一日だけでも、整髪料と汗と頭あぶらの匂いがむんと立つ黒々としたきしきしとした線の密集が、大袋いくつもいくつも詰まって出るのだろうか。その日のはじめには、まだ他人の身のうちのものだったものを、今は死に切ったものを、ぎっしりつめて捨てる心地も、慣れていくものなのか。

三つの刃と言う。食い物を切る刃、髪を切る刃、服を裁つ刃、この三つの刃をあやつる術を持ったものは、世界のどこでも生きていけると言う。ころして、切って、喰わずにはいられない。刃を立てて、剝《は》いで、むいて、骨にあてて、身を離して、割って、切って、みじんにきざんで、喰えばくうほどに、からだおもての無数の穴のひとつひとつからみしみしと、ぬらぬらと、綵毛が生え、ちぢれ、みだれ、とりとめもなく汗ばみ、垢じみする。うす黄にきばみ、くろく垢づく、襟足、袖ぐち、胸元に腋がそぼぬれるたび、洗いにかけられて、ま新しくなるたびに、しかししなびて、へたって、ぐずぐずに、襤褸になっていくその服たちは、中身につつむものどもが、やがて、否直ぐにでもくずれ、腐れていくその定めを、先回りしているのか。ほつれ、疵がつき、ちぢみ、色あせても、中身はすてるわけにはいかないのは承知の上で、取り繕うのが無駄だというほうが、稚気のなせる事か。血のあまい味をすう。あまい。その味はいつも、頭蓋の底の知れぬ何かをしびれさせる。大変お待たせしました。お疲れですか。雲突くような大男の、逆光の、あどけないくらいの破顔の影になって、知らず手の甲で頬の髭をさするしぐさが、脣《くちびる》の前にくる指のささくれの、かさぶたを無心に吸うおさな子じみたしわざに及んでいて、赤面させられた。

中折れ帽の縁がおしつけるまるい跡もくっきりとした長髪、というよりちりぢりの蓬髪を、磨き上げられた大きな鏡にさらされる、と、その帽子を持っていないことに気づき、先ほどの店に電話してもらって試着室に掛かっていたことを確かめるという一騒ぎをおこしてしまい、確保しました、大丈夫だそうです、後で取りにいかれれば、とまた大男の屈託ない微笑をあびて、何か人からのプレゼントですか、いや、だいぶ大事なものでいらっしゃるみたいで、とこれは勘が良い美容師だとあきれさせられ、となりの席に座った女性が笑いをこらえている、かすかな顫《もだ》えが伝わって来さえして、何か観念させられたような心持ちで椅子に座ると、何も聞かずたずねず、不意に細い目のあいだにかるく険を立たせ、少しいいですかと分厚くおおきい両のてのひらを髪と頭皮にあて、ゆびでふれ、なにごとか確かめる顔つきをする。あのう、失礼ですが、この切り方は間違っています。すいません、ご機嫌を損ねてしまいましたら、謝ります。ただ、と長めの解かし櫛を一本取り出してぴたりとこちらの頭に、やや斜めにあてて、左ひたいから右後ろに切るように頭蓋の形をたどる。お客様の髪の毛って、この線を境に毛の生え方が違うんですね。わかりますか。ここから右側がやや後ろ外にむかって、ここから左がわがやや前内がわに向かって生えてるんです。で、今現在のカットの仕方だと、この髪の生える方向を無視してるかたちになるんですね。だからどうしても、失礼ですけど、ホント失礼ですけど、顔が大きく見えるし、髪の毛もまとまらないと思うんですよ。正直技術がない美容師さんだと思うんですよね。これは時間が経っていてもわかることで——いやホント僕こういう無礼な感じですいませんけど、でもそれを意識してカットすると全然違うんです。あと、ここと、ここ、二つ旋毛《つむじ》がありますけど、そこの処理ですね。と、すこし邪慳なように指で突く。隣の席からつたわってくる顫《もだ》えが、笑み声になって、野村くんいつもそうなんだねえ、というおっとりとやわらかい、かすかに舌たらずな声になる。ごめんなさい、この野村くんって美容師さん、いつもこうなんですけど、腕は確かですから。と、年の頃は三十を越えるかこえないかの、うすい雀斑《そばかす》と口もとの黒子をかくす気はさらさらないらしい先客の、鏡越しの笑顔が見えた。ひどいんですよ、前なんてね、女の子のお客さん、泣かせちゃって。や、あれは流石《さすが》に例外ですよう。まずパーマありきみたいな……いやいやいや、年がら年中やってるみたいないけず言わんといて下さい、人聞きが悪いわあ。と、パーマドレッドをいちめんにかけた熊のような丸顔で、くしゃくしゃと苦笑してみせる。

ひとつアイデアがあるんですが、よろしいですか。と、ほのかに抑揚はそのままに、また客あしらいのために土地のことばを脱色する。ざっくり短くしてしまいましょう。ソフトモヒカン、という言葉もねえ、ちょっと使い古されていて、それではニュアンスが伝わらないと思うんですけど、両サイドをかちっと刈り上げてトップを残すという意味で。ただ、さっき言った髪の生え方の向きですね。それをうまく使って、鋏を入れながらこう、立体的に、長めにのこして巻き上げるような形にすると、きれいに決まります。そうです、右を後ろにもってきて、左を前で巻き上げる形です。後ろ髪も長めにして、お客様の頬から首にかけての線を出すと、自然な感じになります。むかし流行ったソフトモヒカンっていうのはもっと短くて、頭のこのあたり、後ろあたりを盛る感じだったんですけど、僕としてはもうすこし前目に、もっと長い髪の毛を出す感じが来ると思っていて、そっちのほうがお客様には断然似合うと思います。と、そこまでよどみなく、閊《つか》えなく、すらすらと朗々と、無表情に頭髪を差しながら説明したあと、大きく笑顔になって、任せて頂けますか、と声を低くする。しのび笑いで女同士のはなしをしながら、カットをしていた隣席の客ともうひとりの美容師も、息をころして野村のことばをきいていて、演説きた、野村くんの演説きた、とくすくす笑っている。鏡にうつった、ひたりとこちらに据えた野村のまなざしを、何か他人事のように眺めてしばし、任せる気が固まった。

和美ちゃん、先輩の手元みてばっかりでじぶんの手がお留守、と隣席の先客がついている美容師に冗談を言う、くらいの早業で、ざくりざくりと大胆に髪を落としていき、徐々に鋏の差しかたつかいかたが細いようになり、小ぶりの、大きな手のなかでは万年筆のように見えるバリカンを使って頭蓋の両側を削って、さらに鋏を細かく、気づかないうちに鋏の種類をかえたのかもしれず、今度は櫛をあててそこから出たさらに細い毛髪を数本ずつにでも切っていき、そのすべてのあいだひっきりなしに視線を鏡にうつし、頭の実物にうつし、すこし驚くくらいに目を髪のおもてに寄せたかと思うと、画家のようにのけぞり、瞼をほそめ、あるいは一歩二歩あと退りして全体の形をたしかめる、それを延々と繰り返したあと、急に丸椅子を引き寄せて腰をおとし、息をつめるようにしていままで使ったすべての道具で、こちらには俄にみてとれないような細かな、赤子の小指の爪の半分くらいの長さのほつれ毛を、ていねいにそぎ取っていくのだった。そのあいだ、ひっきりなしにすらすらとかる口を叩き、冗談を言い、こちらばかりか先客の女性を同僚ごと笑わせ、あ、これガーネット・シルクのラヴ・ミー・ベイビーですねと、店内にあたたかい、ねっとりとあまい南国の小雨のようにふりそそぐ音楽の一曲を言い当てると、いいですよねえ、僕レゲエＤＪもやってて、今度聴きにきて下さいよ、とますます人なつっこいようになって、こころよく遠慮のない問いかけに、だいたいはこちらの事情も順に追って話させられることになり、あ、やっぱり東京の方なんですか。じゃあ朝倉さんと同じじゃないですか。正確に言うとなー、わたしは町田駅の、こっち、神奈川のほうなんよ、とその朝倉と呼ばれた隣席の女性客がこたえると、町田は謎ですわ。町田は東京やいうお客さんもおってかないませんわ、と、その絶妙に作り込んだ仏頂面のぼやきに、和美と呼ばれた美容師がわらいころげている、その笑い声を割って、その、皆川さんでしたっけ、いいお友達ですねえ。京都ははじめてなんですか。朝倉の、凛として滑舌がよいのに、どこかおっとり舌たらずな丸みをふくんだ声に、いや、その窓の向こうの、その川があの高瀬川だって、たったいまはじめて知りました、と返すと何が肝所に嵌まったのか、またひくひくとした顫《もだ》えがつたわってくるほど息をころしてわらいはじめ、すっくりと長い喉をしろく剝いて、ほそい指でこちらの肘を突いてくる。洗髪を済ませてブロウを終え、こまかな切り毛をはらうブラシが使われる頃合いには、朝倉が町田に生まれそだって、東京の国立大学を出てからヨーロッパ留学を終え、近辺の女子大の准教授に着任してから二年、いま処女作を上梓する直前だということまで知れた。しんじられへんけど、朝倉さんこうみえて、僕より十も年上ですからね、絶対大学生の若い娘の生き血とか

『らんる曳く』正誤表

下記の通り、誤記がありましたので訂正いたします。

正誤箇所		誤	正
P47	5行目	顫《もだ》えが	顫《ふる》えが
P48	7行目	顫《もだ》えが	顫《ふる》えが
P52	7行目	顫《もだ》えが	顫《ふる》えが
P76	13行目	顫《もだ》わせる	顫《ふる》わせる
P85	12行目	顫《もだ》えさせて	顫《ふる》えさせて
P94	3行目	顫《もだ》えて	顫《ふる》えて
P103	10行目	顫《もだ》わせない	顫《ふる》わせない
P103	12行目	顫《もだ》えが	顫《ふる》えが

以上、訂正してお詫びいたします。

河出書房新社

吸ってますわ、アラフォー吸血鬼系ですわ、とすっとぼけた調子で言うと、野村くん、ひどい、と小娘のような拗ね方をするので、でも和美ちゃんもゆうてたけど、実は朝倉さんのゼミの子でお客さんおるんですよ、北山住んではるお嬢さんなんですけど。もうお人形《にんぎょ》さんみたいな顔してあのせんせいめっちゃきついねん、毎回課題が大変や、もうあかん、死ぬわ、って段々隈ができていくんですよ、というと急に真顔になって、誰だろうなあ、今年はわたし優しいと思うんだけどなあ、と言うので、去年は全然優しくなかったんですか、と聞くと、また何が思い当たる節があるのか、こちら以外全員大笑いとなった。瞬間、ふとい、尖らせた手ゆびが、似合わぬ俊敏さと精緻さですりあわせるように、ワックスをつけた髪を整え終え、どうですか、と、完成品をみずから値踏みするような、そんな眼差しが遠いようになった。眉根をよせず、目のなかだけ、けわしさを静かにこめている。

わあ、めっちゃ若くならはったあ、という和美の言葉をかるくとがめると、なんだか、髪型だけ男前にして貰って。というこちらの言葉もすこし、いやいや、と受け流し、まだすこしさわり足りない様子で、すこしカラー入れて見ますか、アッシュを、トップだけ、ごく軽い感じで。と、まだ完成形を頭でおもいえがいているような、しんとした顔つきでいる。厭や。黒のほうがずっと似合うよ。ね。と、ほのかに周りから感染ってつたない、京の抑揚で、鏡のなかにいる朝倉が視線をあわせてくる。一度はずして、こまったような眉をつくって反射《てりかえし》でこちらをみている横顔のあどけなさをそのまま見て、その意見を採った。

ぶつり、ぶつり、と、隣の喫茶店か何かのテラスの日除け天幕《オーニング》の布のこわい面に、巨《おお》きい雨つぶが垂《しづ》りおちる音ぶとさの、やがて粒だちだけがみるみるうすれ、かすれ、一めんの轟として地をたたく鳴りどよみにかわって、浅瀬とはいえ川のちかくだからか、きっかりと切られ厚く閉じられたこの部屋にまで、深々とぬれた水の芯にある、石の様な香りがつうんとさしてくる、ときになってはじめて、野村は没入をきらし、ふいに夢から醒めたような顔をつくり、わ、雨ふってる、あかん、傘ないやん。えっ、いま何時。四時です。いけない、わたし行かなくちゃ。一瞬だけ、眉が幼気《いたいけ》に困る。と、立ち上がった姿が、わけても尖り下襟《ピークドラペル》と腰まわりが細い、かすかに一めん、うっすら銀のようにひかる灰色のストライプが入った、隙がなく何かに不意に耐えているような漆黒のパンツスーツ姿で、みどりのかぐろい髪がざっかけなく、大小ふたつの錆銀のバンスクリップで結い上げられていて、耳元から昇るうっすらゆるめの編み込みのあまさと、真白にまぶしいシャツの丸襟のしとやかな彎曲だけが、残像のように目にうつった。公式の席でもあるのか。今日にかぎってお貸しできる傘ないなあ、朝倉さん車呼びましょうか。あかん、出てって摑まえたほうがはやいわ。でも、どしゃぶりやで、折角きれいにまとめたのに、とつぶやく和美の、鼻先十センチを正確に横切って、胸元にコーチジャケットを投げつける。それ、ナイロンジャケットだから雨よけにいいです。大きめだから頭からかぶっていけばいい。古くてこれを最後に捨てようと思ってたものですから、持って行ってください。え、そんな。急ぐんでしょう。悪いと思うんなら、この店に連絡先おいていきますから。ほら、はやく。すぐ肚が決まった、果断さに顔がしろいようになって、一秒だけさぐるように見つめると、ありがとう、と言いざまに、外に駆けていった。くろ瑪瑙のひとみの真円に、油彩の筆触であとから打ったような白い反射の点が、まだ、しびれさせている。三人で、ヒールで走る朝倉の、コーチジャケットもふくめて黒づくめの姿を見送った。烈しく目霧《めき》らして万象を水煙の白みにつつむ夕立のなかに、黒い姿が灰色にかすみ、とけていくまで。

急に静かになった店内で、すっと立ち上がった和美が、何も聞かず何も言わず、黙ったまま、湯気をたてる透明な金糸雀《かなりあ》いろの液体をなみなみ注いだ硝子の椀をもってくる。もとより詳しい訳がないが、控えめにころしてなお伎倆をつぎ込んで凝った、内巻きと外巻きが六対四くらいに合わさったように見える、ゆるめに波打たせて、大人びているのに、うっそりと退屈げな、少女めいたとしごろの、独特の気のふさぎすら感じさせる重めの長い髪の房のからまりが、しかし存外に抜けよく、かるいらしく、さらさらと茶を注ぐたびによく揺れ、そのたびにべたつきがちな甘みおもみをほどよく空気に揮発させている。や、いつも、じっけんだいです、と和美が微笑むと、野村が、これはけっこう邪魔くさくて、髪の根元からきーっちり起こさないとこうはいかんのんですわ、とまた説明にかかる。そろそろ夏だし、ばっつり切ってお客さんの見本にならへんか、ためしたいおっもーいショートがあんねん、コワイ系の、野村が言うと、いややあ、折角この髪にしてもろてからモテてんのに、と、突拍子もないような声でいったあと突然だまりこみ、猫舌らしくふうふうと何度もカモミールティーのおもてに波をつくってそれを茫と定まらぬ色薄いくろ目で見つめたまま、こんな丸顔おんなにマニッシュなショートなんて何のいやがらせやねん、だあれがとくすんねんな、ほんまに。素でつぶやくので、失礼と知りながら今度はいい年をした男ふたりが椀と皿をかちかち鳴らしながら、こぼさないように笑いをこらえることになった。

天気予報士はなにしてくれてはんのん、雨ふらんゆうてたですやんね、夕立なはずやで、でもやまないですよう、えっじゃあ僕より六つも年上ですか、あかん同い年やおもてた、いやお世辞ちゃいますって、あーリュダクリス世代ですね、僕はリル・ウェイン世代なんで。いやいやいやどや顔ちゃいますよ、あたしリアーナ様より年下ー、いえーい、おっさんー。つかのまのはずが長引く豪雨のなかでとじこめられ、三つよっつとキャンセルの電話が相次ぐなか、それでも七時代に予約が入っているので気を緩めるわけにもいかないらしく、たわいないような世間話に興じることになる。

思わぬ長っ尻に申し訳がない心地になり、思いついて洋服が入った紙袋におさめておいた金平糖の、きれいに詰め合わせた、嵩からはしんじられないくらいかるい箱からおもてに、すでに、うすらにひんやりと氷ざとうの様な香りが立つ、のを、そっと取り出すと、あっここのんめっちゃ美味しいんですよ、今度は季節限定のほうとちがう、普通に売ってるもんのほうもおすすめですわ、でたっスイーツ野村、でたよスイーツ野村、継《つぎ》ちゃんにまたまた太ったってからかわれんで、いやそもそも継ちゃん、いやすいません、あのここでカットモデルやってもろてる娘《こ》おなんですけど、継ちゃんがこれはじめに持ってきたんやんか。無造作にくちに放り込み、口蓋をころがしてかたさ刺々しさでほのかひりつかせ、奥歯において狙いさだめ、かりっと嚙み、こわし、くずし、歯ごたえをたしかめ、割れてでてくる、幼いような、あっけなく頼りない素直なあまさとともに、歯にしみこんでくる、あるはずのない冷えが、いたい。まるごとひとつ口のなか、舌の真中あたりにおいたまま、少しさめてほのあたたかい茶をゆっくりとふくみ、そのまま凝然《じっ》として、あまい結晶がとけて、ぬるんで、ひろがって、おのずと喉の奥からすこしずつ漏れ、喉をぬらし臓腑をぬらし、ひたいをすこしずつ汗ばませていくのを、じんわりとよろこんでいると、ふと三人ともだまりこんで上目づかい、膝寄せ合わせて、かわるがわるたがいの瞳の色をのぞきこんで、同じことをしている。ほうっ。誰からともなく、ながい安堵のいきをはく。その息のふかさに、野村と和美の陽気さの底に、うるさ方が多そうな街中、笑顔で櫛を鋏をふるいつづける、くりかえす日々のつかれが、やっとすこしだけ、ごく微量、透けてみえるのだった。こころよい、黙《もだ》しのつらなりが、すこし薄いようになると、あ、僕のＭＩＸ　ＣＤ聞いてもらえます。九十年代のR&B中心の、ベッタベタな懐かしいやつなんですけど。このへんの服屋さんに置いてもろたりしてるんですわ。と、また気を回す。見せてもらうと、聞いたことがあるレーベルから出ている立派なもので、たしかに懐かしい曲が次々とかかる。ペパーミントティーにかえますねー、と無表情にいって席を立った和美が突如くるっとターンをひとつ決めるのを皮切りに、好きもの三人の音楽談義になり、リセット・メレンデスのグッディ・グッディ、ヒップホップ・ミックスがかかった瞬間、全員空中にお前等の両手をあげる《プットユア・ハンズアップ・イン・ジ・エア》大合唱の仕儀となり、

アホや。アホがおる。黒一色、飾りベルトがついて姿のよいレインブーツをびっしょりぬらし、すっぽりと着込んだ防水透湿素材《ゴアテックス》の黒いジャケットが男もので、きっかり裾が太ももできれていて、フードを鼻先まで被ってふうっと総毛立つように微笑む。黒づくめで、わずかに切れ目からのぞく脚と鼻下だけ蠟のように白く、にやにやわらう唇だけが珊瑚いろにひかり、こうもあっさりと物の怪らしいものが煌々とひかる蛍光灯の下にでてくるのか、さすが古都などと間が抜けたことを思い

かかる。アホや。アホがおる。と念を押して繰り返す。継ちゃん、どないしたん、と和美が訊くと、ぬっとひだり手を伸ばしてフードをとると、黒い中折れ帽が、これは大きすぎたか、それでも目のあたりまで押し包んで乗っている。届けに来ました。と、手首の骨の出がめだつくらいの、細い両の手でそっと鍔をつかみ、そのまま背伸びするように持ち上げて、花笑みをつくってみせた。帽子につられて一本二本、髪の毛がもちあがってはらはら落ちる。珍しいような、くらぐらとかぐろい、肩までくる髪で、むごいくらい横一線、眉を隠すほどにきられたぱっつんの前髪がほのじめり、重く睨《ね》めあげるようで。一度はうちすてられてよごれた、つゆっぽい花束が、まだま新しく、すとんと立てかけられた風情だ。両手で帽子をかかげたまま、ソファに座るこちらのそばまでまっすぐ歩いてきて、見下ろして、見て、みて、赤い鏄がにじむ、ほの青びかる白磁の、真みずのいろの釉薬に浮いた、裏箔に銀を貼ったようなぜんたい茫と光るくろ目が、みるみる大きくなり、なり、なりきって、さっぱりしたんですね、とだけ言って伏し目になると、茶目でそのまま被せようとおもっていたか、その帽子を胸元におろしてまどい、ふと手をさしだして受け取ると、急に顔を背けたむこうの、とぼけて口元のみわらう野村に、ゆうても野村さんお手柄やん、なあ。と、頓《とみ》にふりむきざま、まだなまじめりに重い髪の裾をくるり咲《ひら》かせて、あ、まつぎよしこっていいます。真理の真に、跡継ぎの継に、佳人薄命のほうの佳《か》あをよしってよませて、子おっていいます。佳人薄命てじぶんでゆうてどないすんねんて感じですけど、他に例がないんです。さっきはやかましくてすいませんでした。服屋で会った時の印象との、あまりの違いに呆けたようになっているのを見切って、や、これ髪の毛えほどいたんです、さっきまで上にゆうてたんやけど。眼鏡もないし、あと、野村さんなんかこれ、水にぬれると怖いくらいに黒うなるねん。カラー何つこてくれたん。とまるく、ふくらかに嫋《たお》やかなくちびるの、潤《うる》ける珊瑚をとがらす。先ほどとは、色がちがう。

あれ、七時から予約って、継ちゃんやったん。ちゃうよ。いま授業うけて来てん。そんで、店にわすれものしてな、そのついで。わあ、緑寿庵清水のこんぺいとやんかあ。あ、お茶ほしい？　ほしいー。ふっくりとした下瞼をせりあげて、目だけ、月のような形にあけながら、爪と同じいろでおなじきらきらしさでひかる玉を、こりこりと囓り出すのを、野村がさとして、あ、ありがとうございます、ぐうぜん？ぐうぜんここの金平糖こうてくるってすごいですね。あたしここのなら毎日でもええわあ。高っかいけどな。ころころわらう。と、指先でひろいあげてはたよりない重みをたしかめ、ふと濃い睫毛のしたからほのぼの垣間見するところから、すでに味だというようなぺったりした仕草ごと、ちいさくて、かたい、あまい、そうしたものたちをひと摘みずつたべたい、むら気でひらひらとした喰い意地のつよさを遠《おち》近《こち》さまよわせていて、そそくさとしていない、その飄然とした噛みしめかた喉のならしかたに、すくよかに戒《いましめ》を忘れはててけろっとしている、のが拵えもたくらみもない素の顔おもてであるかのような、存外にまがまがしい兇険、無頼が、おとなしやかで、誰彼となく油断させるのがとくいそうな、そのあまやかな姿にふつふつと出てくるのだった。や、そこの大学の薬学部ですねん。この子。和美さんは中学の先輩なんです。継ちゃん中学のときからめっちゃ勉強できたもんなあ。でもまあ、叔父さんの薬局つげればええわ。京都でる気いせんし。結局、だまりこんで、啜り込んでは舌の上でぬくい糖をとかす先の儀式を、今度は四対八つの膝をそれぞれ突き合わせて、くりかえすことになった。

このこ、めっちゃ髪の毛のびるのはやいんですよ。妖怪ですわ。だからたくさんいじれるんやんね、チラシとかぜんぶあたしと和美ちゃんやん。や、表に出してる看板ありますやろ、メニュースタンドゆうんですけど、それそのままつこてる。あれです。あれに載っている四人、じつはみいんな継ちゃんなんですわ。こわいわあ、百面相やんなあ。七変化て呼んで。どうちがうねん。でも、と突然ひくい声を出す。簡単やんな。気分かえるて。見た目かえればいちばんはやいやん。と、最後のひとつぶを無慈悲にひろいあげた指先のあいだから、すっとこちらを、昏い朱がさした片目で刺してくる、のに、目が合うと急にはにかんでやや和美のほうに撓垂《しなだ》れ、気分かわらはりましたやろ。と訊いてくる。男の人のばあいは、そんなんちゃうんかな。や、変わるはかわるよ。野村さんにきいてへんやん。

すこし、長居が過ぎる。七時の二件の予約までまだ余裕があり、京人形スタイルもあきたわ、妖怪とかいわれたらかなわへん、とぼやく佳子の髪を切って写真を撮る運びとなると、流石に初対面が積み重なって、ふと身の底がねばくなり、うっそりとした草臥《くたび》れが湧きかかる。ああ、すいません。今日は愉しかったです。初対面なのに、よくしていただいて。いやいや、愉しかったですよ。お渡ししたフライヤーと、あとこれ僕の名刺です。京都いらっしゃるうちに何度もパーティやりますし、うちにも今度また遊びに来て下さい。ありがとうございます。あ、朝倉さんによろしく、と、挨拶を交わすさなか、凝然《じっ》と、なにか不敵なようなけはいだけ、こちらに向けてくる。あのう、このなかだと、どれがええとおもいますか。と、ヘアカタログを差し出してくる。戸惑いながらも受け取ると、のぞき込んだ野村が、うわっ普通やん。こんなん前になんぼでもやったやん。ええねん、もう凝った髪型はちょっともう、ええわ。すいません、どれがええとおもいます。なんや、自分で決めるのも、もうしんどうて。この一つ身のことすら、いやこの身ことゆえに、決めることが懶《ものう》い。その思いは判る。わかりすぎて、些か索然とする。似合うにあわないということでも、もはやないのだろうと、その七変化ぶりを思い出しながら、判らないけど、じゃあ、これ、と、無難なものを指さすと、こっくりと、深《ふか》しい、渡されたものを心得顔でだきとめる顔つきでうなずき、じゃ、これで、と野村に渡す。困惑の表情をかくさない野村の、演説、とやらがまた始まる前に、こちらはもう一度握手を交わして、くれかたの街に出ることにした。雨はあがっていた。一つだけ、大粒の滴りが、ひたりと頭頂をぬらす。知らず冷えを待ち受けていた膚《はだえ》のかまえが、そぼつ土瀝青《アスファルト》のにおいがゆたかにこめる、大気のぬるさに溶かされていく。

店の構えがゆかしくて、入ってみると、前もって席を押さえておかねばならないようで、えろうすんません、という声を背中にききながら、また歩き出し、こちらが知らないだけで、高名な場所なのだろうと思わせる、おりてきた宵やみにまぎれ、馴れ姿らしいざっかけなさをみせてひかる繁華のなかの、一軒うなぎ屋が目にとまって、名物というえびいもの揚げたんの、白胡麻のつぶいちめん香ばしく、あついのに歯をたてながら、あわてて麦酒をのみくだして、鰻丼を待っている。入梅《ついり》がはやいぶん、出梅《つゆあけ》もはやいんやて、ほんまかいな、という、隣席の老夫婦の会話をきいていた。夏なのだな。今は。と、そんなことにうち驚かされていた。

　そうか、ここは、錦市場か。そろそろ服なり本なり詰まった紙袋がゆびさきにいたく、そういえば見も知らぬ土地で、はじめての人々を相手に、こんなに賑やかな一日を過ごす、過ごすというか、一日を耐えられたこの身がいぶかしいようになり、ふと目の奥に、あの赤ひびが映りこんで染みこみ、すっと膝のちからが抜けるのを、雑沓の真ん真ん中で、あやしみふりかえる人々の影のいくつかを残像のように瞼のうらにうつして、うつして、耐え、切って、息をゆるゆるとしずかに吐くのだった。どこからか流れ来る、なつかしい、僅かなまぐさく、しおっからい、青菜でも漬け込んでいるのだろうか、市場の、ほのかに汐《しお》のような香りがたすけた。すう息をふかくした。疲れている。が、つかれがあまい。

表通りには、どう出るのだろうか。スマートフォンを取り出すには両手をふさぐ紙袋を地べたに置かねばならず、それもうるさいようになり、なにかしらテールランプの赤橙がとおくながれ、車の群れのかげ、気配が濃い方に、あぶらを流したようにすべる人波にとらえられて蹌踉《よろ》めきだすと、ふと見上げた看板の、どこかで聞いたような文字に目をひかれ、店の奥に目をやると、けぎよい、手狭な作りのなかにひしめく、群れむれてひとつのかたまりになった人影のなかから、一人ちぎれて、不意に慄然と凍り付いたようになって、まよいながら、惑いながら、こちらをみて、またみて、観念したようにふっと手をふる。店のなかに入っていくと、濃い目にみえて、朽葉いろにも焦香《こがれこう》にもほの照る、こころ鎮むあまさをだして、どうということはないボブに切りそろえた、しかし見るたびに毛先をていねいに遊ばせぜんたいにゆれゆれて、かるがると、前髪もほのかにさらめいてさっくりと散り、右眉と蠟のようなひたいだけなかばのぞいていて、なぜか爽っと眼鏡をとり、また慌ててつけて、よわり切った眉をするのだった。そこで誰だか、判った。一日で三回目っていうのは、凄いね。そうですね。びっくりしました。これ、あずけておいた家の包丁をとりにきたんです。ここが。そうです。有次さんゆうて。えっ、料理とかしはるんですか。ひととおりは。せやんなあ。してはりそう。て！　と目をまるくして、あの黒みにうかぶ銀箔のたゆたいと、それをぴきぴき割る朱の罅入りをみせつけてから、それがまた目ごとくしゃりとした笑みへ雪崩れていき、髪型のせいか、ひどく垂れ目にみえて、また帽子わすれてはりましたよ。あっ、と頭の上に手をやると、包丁が入っているとおぼしい紙包みを左手にぶらんとさげたままましろい喉をななめにかしがせて笑いだし、客の何人かがおどろくのを、ごめんなさい、さ、いきまひょ。まだ今なら野村さんとこ空いてます。と、すっと裾を引いてくる。おもわぬ力でたぐり、敏捷にすり抜ける。なんだか、別の人みたいだね。そうですね、よういわれます。似合うよ。せやで、何でもにあいますのん、どこにでもある、つくりやすい顔やから。と、横顔だけ見せるようにしてふりむいて、眼鏡越しの白目がちで、にやっと笑う。声を吸えば、ほのかに日向くさい、黒砂糖のような香りがするのは、何のあやかしか。やはり垂れ目で、しかし佳子だ。蠟いろして薄らに静脈をいたく透かす、爪で疵がつく、脆い、仄かにねとつくつややかな物質で出来たようなこの頬が、わらうことができるとは。

お客さん二人きてはりますから、ここで待っといてください。と、すっと、先のすり抜けるような身ごなしで美容室に入っていくと、ものの三十秒もしないうちに出てきて、かけてくる。うらがえしの月のような、あのわらう目で、今度はもっていかなあきまへんえ、と、ひわやかな手首の二本そろえてつきだし、有無を言わさぬ挙措で、そのまま背伸びするように持ち上げて、花笑みをつくってみせた。帽子を被せ、おわると、丁度鼻先あたりに佳子の頭がくる。ふとした近さに、すっと、早すぎもせず遅すぎもしない、ていねいにつくろうた物腰で、一歩後じさる。もう帰らはるの。ああ。でも、連絡したいから、連絡先をくれないかな。え、あたしのですか。うん、佳子の。さすがに、お礼しないとさ。せやな、帽子のためにようけあるいたわあ。スマートフォンを渡すと、瓦斯《ガス》灯が闇をとかすなか、つめたい蛍光がてらし、あの頬が、あおあおとした窶《やつ》れのような何かを透かし出した。


「おう、皆川でーす。どうよ。どうしてんの」

「どうしてるも何もなんか、こう、まだ一週間だしね」

「一週間あったら、いろいろ見て回れるんじゃあないの」

「や、それが、言ったっけ。俺、箱根越えたことないんだよ。海外以外」

「あれ、博多が何とかって言ってなかったっけ」

「あれは義理の兄の転勤先」

「ああ、ごめんごめん。で、どこか見たりした？」

「うーん、全然。今日やっと河原町？のあたりで服買ったりしたよ」

「ああ、服か。そうだな……えっでも、そのへんからでもさ、鴨川とか八坂神社とか、すぐなんじゃないの」

「や、だから、ぜんぜんわかんないからさ、きょうガイドブック買った」

「あ、全然」

「そう」

「なんか知識とか仕入れていかなかったんだ」

「まあね」

「君らしいっちゃらしいけどねえ。飯は？」

「や、なんかぼちぼち、人間らしいもの食べてるよ」

「何喰った？」

「うなぎ」

「うな……京都ってうなぎ喰うとこなの」

「皆川って三代前まで京都っていってなかったっけ」

「三代前が身上つぶして、東京に逃げてきたんだよ。だからおれは江戸っ子」

「ああ」

「まあ、なんか意外と元気じゃん」

「そお？」

「声が」

「あー、でも今日は疲れたよ。ひさしぶりに人と会った」

「あれ、そっちに誰か知り合い居たっけ。あの美術批評家のなんとかさん」

「小和田さん」

「そうその。彼？」

「彼いま京都いないんだよ。ニューヨークとかアルルとか往復してんじゃなかったっけ」

「アルル？」

「なんか知らんけど、国際なんとか祭とかなんとか」

「へえ」

「まあ、なんとか少しは慣れましたよ。皆川はどうしてんの？」

「どうしてるって、こっちは仕事だよ。もう一山」

「山？」

「こえると、まあ、一応は日経の紙面をお騒がせしちゃうくらいの買収劇《バイアウト》」

「やるなあ」

「今回はちょっとやったねえ」

「いつもやってるけどねえ、皆川は」

「食い道楽とバイアウトしか能が無いですからね」

「何かまた言ってるよ、何度目だそれ」

「まあとにかくさ、あと一月しないくらいで明けるんだ、いまの仕事」

「うん」

「そしたらまだそっちは鱧の季節じゃん。そのときは遊びに行くからさ」

「あー、いいねえ。って、いいねえっていうほど鱧喰ったことないけど」

「いいところ知ってんですよ。祇園の。ええ、お連れしますよ先生」

「先生ってやめて。って何回いったらわかんだよ」

「いやいや、まあ、でも、愉しんでよ」

くつくつと喉を鳴らしながら、さらに思い出話を二つ三つほどならべる。あのときはよかったよ、ってその昔からの口癖、まあまあまあ今はわかるけど、もうやめなよ、と、これもまたいつも通りの忠告を受けて、電話を切った、途端、着電があり、素っ気ない着信音の、かすかなけたたましさに耐えながら、七インチのタッチパネルディスプレイに、みなれない、登録されていない番号のならびをたしかめ、着信音きっかり四回のあいだ、ただ自失して画面を眺めて、ふとゆびがうごき、通話を押す。はい。といらえを投げて、ふっと、瞬間、息のむ黙《もだ》しがひろがり、かかるのを、あ、あ、さくらです。あさくらえりかです。と、のど閊《つか》えて、声がでていかない、ように掠れて、ああ、どうも。野村さんから。ええ、野村くんから。と、ふっと安堵がひろがり、あのう、本当にありがとうございました。助かりました。いえいえ、困った時はおたがい様、とするすると型通りの挨拶がくりだされていくと、みずからしびれて、いずれの声かもわからなくする、ひびきの嗄ればみがするする抜けていき、凜としてよどみというものがない話しぶりのなかに、どこか、いつもひらたい飴を、舌のおもてと口蓋とではさみながら、ゆるゆるとかし、その甘さでくち元をほころばせているような、おっとりとした鈍《のろ》さを鳴りのなかにこもらせる、あいだに、ふと舌をかえして飴のかけらを歯にあてて、かちっと音をたてる、澄んだつめたさを伝わせるのだった。

しゅっ、と、きぬずれの音をたてて、みせる。これ、どうしましょうか。明日クリーニングにだして、いや、実はそれ、今日クリーニングからおろしたばかりなんです。だから、そのまま返してもらっていいですよ。しゅうっ、と、電話越しにも聞こえる合成繊維《ナイロン》のすりあう音が、もう一度する。でも。いや、新しそうにみえて、けっこう着古しなんで。内ポケットに手をいれると、実は指一本とおる穴があいちゃってるんですよ。しゅっ。あ、本当だ。と、屈託のない笑み声のまま、おだやかに受話器のむこうで、あたたかい息を顫《もだ》わせる。でも一応、かえしてくれると嬉しいです。こっちに、全然服もってこなかったんで。今日、たくさんこうてましたもんね。たがいに手帳をめくりあい、明日の夜の食事がたった今、突然キャンセルになったそうで、そこで落ち合うことになった。じゃあ、愉しみにしてますね。と、また合成繊維特有の、あのきぬずれの音をたてる。着たまま電話をかけている、に、相違なかった。

朝からの入梅晴れが強陽で街を焚く。すこしずつ、すこしずつ地は灼けて、圧《お》され、煮え、しぼられ、さみだれるなが雨を呑んで身のふかくまで貯め込んだしめりを、ふつふつと土石のにおいたてる汗にする、そのたびに、深空《みそら》はその湯気をむごく、むごく啜りあげて、吸い、すい、正午にはぴりぴりと肌いためつける酸性の大気の、殷《さか》んな夏姿をつくった。まばゆい。ひかりの打擲にさらされ、うたれた万物は輪郭を細らせて、たがいにみだれ、反射《てりかえ》し、はげしい光暈をつくって目癈《めし》いらせあう。さらにさらに細らせあう。汪溢の光のなかで、今年はじめて、すべてがすべてにとおく、鳴りどよもしが耳にとおってこない、あの真夏の森々とした静まりが押しよせてくる。きっ、と一声、蟬の鳴くのは、はたして現《うつつ》か。おのれの影が、にわかには信じ難くあしもとに小さくまとまる。それをつれていくしかない、人でしかありえない者どもは、くっきりとか黒い影法師となってその目鼻をつぶす濃さで互いをのがしあい、ふりかえれば陽炎にゆられゆられて朧になる姿どうし、またうしないあうのだった。

しかし、ひとすじの黄味が空にながれだす。誰も気づかないうちに。世界を無味の淡彩にする白熱は不意にくづれ、なだれ、黄水晶《シトリン》にそまり、つれて影がなだらに青ばんでゆけば、不思議と西空は赤やけぬままに、もう夕暮れているのだった。はてしなく、むしろ黎明に似て。

せまる暮色は、黄水晶《シトリン》のそらに、乱調のちぎれ雲をちらす。少しだけ松精油《テレピン》でゆるくとかした油絵具の、点々とくねり、くすぐる筆触で、青痣のかたちといろの雲々はえがかれて浮き、まるで空の肌をかずしれずなぐりつけ折檻することができたかのように、無風にうごかずにいる。間なくときなく、あらた夜がひろがり、空の地《じ》の色をむしろあおざめさせて、瑠璃に冴える紺にまで昏くすると、その手前で取り残されたちぎれ雲のひと群れたちは、かすれがちな絹鼠に色ざしをかえている。水の様だ。頭上、魚眼に斬られ巨大にひかる湖海、見通してもみとおしても果てしもしれない、天の深潭がひらけていた。ひとの営みのはかない光が、いくら手を伸ばし、かきみだし、灰色にぼやけさせようとしても、とどかず、天頂はなお黒冥々として、そこから崇麗な青藍の階調をうちひろげている。星くづの瞬きを、すこし疎らにすることしか、できはしない。

　なにしろ、河原町交差点しかしらない。ひる迄着ていた、いかにもおろしたての開襟シャツに、一枚羽織った老人たちがめだつ、高島屋の前に早めに着くと、淡水のうれいを湛えた微風がそよそよとながれてくる。東の鴨川のうえを、一抹、まくわ瓜の香をのせてわたってくる。さえぎるのは街のひかりをうつしてボンネットをかがやかせる、タクシーの、疾駆してはすずなりに舗道につらなっていく甲虫のような姿たちが吐き出すおくびの、油染みしたにおいだ。それすら、ゆかしい。かつん、と鳴りをかるくひびかせる音にふりむくと、はだか足《ヌーディー》と見紛う様なパンプスのピンクベージュと、くちびるの、梅染にころした色合いをあわせ、丁度同じくらいにきらきらしくさせている女の姿で、ふと不安げに、ほそい肩ごとななめにして、こちらを覗き込む。ひたいのきっかり真ん中からわけたゆたかなみどり髪の、頰の下からすこしずつゆるゆる波うたせた漆黒の毛先が、かたむいた顔をなかば隠すあいだから、くろ瑪瑙の真円で出来た双眸がのぞき、そこで朝倉恵梨香と知れた。あ、髪の毛、おろしたから。そんなに印象、ちがうかなあ。

　コーチジャケットを丁寧にくるんだ、うす紅の立葵が染め抜かれた黒地の風呂敷を受け取る。ごめんなさい、紙袋とか、部屋になくって。膝丈の、ぴったりとして黒の透かし編み《レース》を幾重にもかさねた腰高のペンシルスカートに、ましろく襟がおおきめの、やわらかい線を出すブラウスの胸元をあけて、鎖骨のくっきりしたほそい影に眞珠の首飾りをかけて、覆い被せるように、袖口を七分におりあげた、ざっくりとしたデニム地の、こころよく色あせた薄手のジャケットを羽織っていた。端正で、花車《きやしや》だ。三十路を割ってみえる。腰など、両のてのひらで、摑みおおせてしまいそうだ。なあに。と微笑むので、目の前の出で立ちその通りをことばにすれば、嬉しがらせをなげたことになる。や、わたし、ちびなんよ。一五六しかないの。走らせる、その車窓のむこうを次々うしろへ飛び退って明滅する街の光の、影になって瞬く横顔が、わたし、こうみえて大酒呑みなんですよ。みえないでしょう、と、表情がわからないなりの笑み声で言う。あ、そこの手前でとめてください。

　泡がほしい、な。と、飲みものの品書きを見る前から言う。いいね。何がありますか。と、瀟洒なスペイン料理屋で発泡葡萄酒《カヴァ》を一本頼む。恵梨香さんって、語学ができるんですよね。というと、ふうっとくち元をゆがめ、片目だけをやや細めて、これも色そろえた、ベージュにぬった爪先の、親指と人差し指のあいだを一センチだけ離して、すこうし、としめしてみせる。英仏の読み書き話すが不自由なくて、ドイツ語も読めて、それは謙遜が過ぎるとおもわされた。スペイン語は？　院生のころ、一応読本までさらったくらい、かな。あの、前々から思ってたんだけど、スペイン語って、bとvの発音ってどうなのかな。たとえばこれ、カバなのかカヴァなのか。それはな、問題なんよ。いっつも。いちおうはね、あっちの学校でも、区別しなさいって、子供たちにも教えるの。でも、実際は全然区別していない。ゲバラの演説をきいていても、ほとんど頓着してないかんじ、かな。でも、あれやん。カバって書くと河馬さんみたいやんな。嚙まれそう。と、ヴィブラフォンのような澄んだ喉の転がしかたで、ころころと笑う。ていねいに拵えたうす塗りの肌に、頬から目尻にのびる、あわあわとした雀斑が、きえていた。それでも、黒子を隠す気はないようだった。

厚くもない、しかしうすくもない、ていねいに描きしつらえて敏活にうごく脣《くちびる》が、わらうと不意に横にすうっとひろがって、笑みをすくよかに大きくし、揃った歯のすきとおった粒だちで、こげた蛍烏賊のあたまを嚙み、ゆびで摘んだ海老のゆであがった腹をもぎりとり、香菜と蒸した淡菜《ムール》貝のあつい、ぷっくりふくらんだ身をかじって、熱されてこまかな泡を吹く橄欖油《オリーヴオイル》でさらにぬれいろになってひかる口もとを、上目遣いでそっとぬぐう。なあに、あんまりみないで。さらさらと、貪婪の底ぐらさをみせず、細面にしてはきっかりと男の一人前は食べる。よりも、何かなくするすると、水のようにあっけなく酒精を呑み、その躰のなかに吸い込んで、この世から亡くしてしまうのだった。すっくりとながい、しろい喉をむいて、そのたびに一滴あまさずグラスから流しこんで、呑み干すそのたびにくるっと、戯《おど》けたようにに真円の瞳をひとめぐりさせてみせる。外でしか、あんまりお魚とかお肉とか、たべないんよ。と、すこし羞《はじ》をふくんで、言い訳めいてくる。いつもは。いつもは、なんかそういう、あるやん、くだものしか食べない菜食主義者《ヴェジタリアン》みたいな。そういうのとは違うんだけど、家ではくだものばかり好きで食べてるの。それ、何かきっかけとか？　ううん、子どものときから、くだものばっかり食べてて、よく親にしかられたんだ。桃とか、葡萄とか、李《プラム》とか、蜜柑とか、桜桃《さくらんぼう》とか、夏になると無花果とか、枇杷とか。だから、ちびなんよ。そうかなあ。女性の身長ってさあ、謎だよね。一六〇あっても小さいほうが可愛らしくてよかったと言うひともいれば、一七〇あってこうならいっそモデルみたいに大きいほうがよかったと言うひともいて、お手上げというか、男にはちょっとわからない。あは、そうかも。わたし、まわりに大きい人がおおかったから。と、何かを思い出す目になって、ややもすると黄水晶《シトリン》の空が露にむすぼれた様なその液体が、背が高く透明なグラスのかたちにきっかり造形されている、そのうら肌をつたってきらやかしい、無数のこまかな泡つぶを数秒だけ眺めると、ふとほそい頤《おとがい》をあげて、顎の先から胸元まであまやかにしろい肌おもての、かすかな陰影を見せて、また呑み干してしまうのだった。何度もくりかえす。いつしか、ほのかに汗ばんだ喉と鎖骨のあたりに、またひとつ、ふたつと、黒子がみつかる。

いちばんすきなくだものは、ね、文旦。ぶんたん？　たべたことない？　こおんなの。柑橘だよ。こんど一緒に食べよう？

大ぶりのスプーンの丸みにそって脣《くちびる》を辷《すべ》らせて、パエージャの咱夫藍《サフラン》にきいろく炊いた米の焦げを噛むころには、カヴァの二本目の壜が空いていた。恵梨香のほうが確実に呑んでいる、のに、肌おもてが染まるどころか、しろ目にひとすじの赤味もみせない。またひっきりなしに飴をねぶり、また転がすようなあの声で、なあに、声だけいつも酔っ払ってるみたいだって、思ってるんでしょう。たまあに、言われるんよ。

地下にあたるその店を出て、階段を昇る段になって、女物としてはそう高くはないとはいえ、酒が入った躰の靴の踵が気にかかって、そっと腰に手を当て、うながして先にあがらせる。と、一しずくも呑みはしなかったかのような、千鳥足どころか蹌踉《よろ》めきよろぼいのかけらもない、みだれなく一様な拍子でこつこつ音をたてて上がったあげく、狭く折れる踊り場で振り向き、何してるの、とでも言いたげな顔をして、手をこちらに伸ばしてみせるのだった。昇っていくとくつくつと、また息を顫《もだ》えさせて笑い、踊り場に昇り切ったときにはすでにそこをのがれている。かるい、追いかけっこのようになる。

どうしようか。腕をのばせば、ひとめぐりして恵梨香の背の、ちょうど真ん中あたりにふれられるくらいの近さで、曖昧に顎あたりをみあげる、夜道のくらさのせいか、めずらしく焦点があわない、茫とした眼差しでたずねてくる。面差しも、幽かに汗ばんで、しらしらひかって。もう一杯いこう。恵梨香ばっかり呑んでて、全然呑んだ気がしない。と、ぷうっと小娘のようにふくれて、わたしのんでないもん、って、あ、シェリーたのむのわすれた。と、心底よわった顔をするのだった。あかん。だいしっぱいや。って、なによお、と、思わず失笑しながら、車をとめようと合図する、無防備なこちらの脇腹を、つついてくる。おかげで一台逃してしまい、不案内なこちらは、どれくらい車の影が濃い通りなのかも判らないので、他にしかたもなく、からかい戯《あざ》る女の細い手首を摑んで押さえ、そのまま車をとめて乗り込むことになった。あ、じゃあ、木屋町二条のT字路になってるところに、行ってくれますか。恵梨香はくっきりとそう言うと黙り込んで、手を離して、返し、もちかえて、指をふかく組んでつながれたままにしている。

するっとほどいて、身ごなしもかるく降りると、そのまま目の前にある階段をこつこつと昇っていってしまう。一面硝子張りの、ひろく、にぎやかで、閉じたところを感じさせない、しかしオーセンティックなバーで、隆としたところと気がさくいところの、案配が丁度よく、店主の気遣いがしのばれた。と、恵梨香はぐるっと一巡り店内を見渡して、店の奥にむかって指を二本たてている。一番奥まったところにあるカウンターの末に案内されると、デニムのジャケットを脱いだ。

けむりが、ほしいな。何やら、呪文をとなえるような名前のカルヴァドスを頼むと、グラスが届かないうちから、舌たるいようなものいいで、こちらをうかがいながら、そう言い出す。煙草吸うんだ？　煙草はもう、ずっとずっとむかしにやめたの。ただ、たまあに、葉巻《シガー》がほしくなるねん。今日みたいな日とか。副流煙とか、大丈夫？　よかった。じゃあ。あ、シガー、おねがいします。と、声をかける。と、此処ははじめてではないらしく、四五人はいる、しんとして目配りがよいバーテンダーのひとりが、要領をのみこんだ顔をつくってみせ、すぐに辞典くらいの大きさの、木製の箱を捧げ持ってくる。開けると、みっしりと、一本一本ちがう、色とりどりの紙帯が巻かれた、葉巻が詰まっている。低い声でささやく。お好きな、アップマンの、サー・ウィンストンが入ってます。や、今日はそれはかわいくないから、やめとくわ。コイーバのシグロ1を下さい。カットはいつも通りで？　ええ。と、端正な立ち姿で、ながい燐寸《マッチ》をいくどもつけて、目の前で火を点してみせる。専用の灰皿にすえてさしだされると、ふっとそのまま持ち上げ、人差し指の、ベージュにひかる爪をからませて、同じいろにつやめく口くちびるにもっていき、熾火《おきび》をしずかに、しずかに二度だけひからせると、ふうっ、と、今日一番のながいながい息をはいて、ほの白いけむりを、うすくあけた口からふきだす。でてゆく煙を、舌がおのずから追いかけるようにうごき、歯のうらにぴったりと押しつけられるのが、わかる。しっとりとほの濡れて土によこたわった、秋の朽ち葉をそのまま灼くような香りが、瞬時に立った。なるほど、いわゆる紙巻き煙草《シガレット》とは違う様だ。いい香りだね。でしょ。すこし躰を向こう側、ななめに傾けて、左ゆびで葉巻を構え、よこ咥えにして、右にいるこちらを遠く、ながれる紫煙がふいに空中で円をつくる、その円ごしにくろ瑪瑙のひとみをうるませて、ながめてくる。京都のことばっていいよね。京都のひとに失礼だから、こっちの人に京ことばは話さないようにしてるんだけど、つい、出そうになって。えっ、全然出てますよ。うそやん。野村くんとかの前で、へんな京都弁で話してますよ。余裕で。えっ。うそお。うそやって。今だってそうじゃないですか。いまは、京都の人ちゃうから、ええねん。

うそやあ、あかん。きいつけな。あはは。葉巻、似合ってるね。そう？　引く男の人もおるよ。そうかな、恰好いいよ。カルヴァドスをらくらくと呷り、からん、と氷を鳴らしながら、話しているうちに消えた火を、燐寸でつけなおす。ガスライターでつけると油の匂いがうつるから使わないこと、薬品をしみこませた紙で巻いているわけではないから、火が消えやすいこと、そもそも吸い口《ヘッド》の切り方がフラットカットとパンチカット、二種類あること、これはフィデル・カストロが好んでいた葉巻で、ゲバラが好きだったのはモンテクリストのほう、等々、ちょっとした葉巻の講座になる。大学の教師なだけに、よどみない。でな、こうしておいておくと、自然に消えるんよ。ふつうの煙草みたいに、にじって消したらいけないんだって。どうして。お前とはもう同席しない、喧嘩だ、って意味になるみたいよ。そうなんだ。いい香りでしょ。うん、全然違う。実を言うと煙草の副流煙は、大丈夫なだけで、好きなわけじゃないんだ。でもこれは、いいね。でしょ。ね、吸ってみる?

灰かにぬれたヘッドからゆっくり吸う。まるでそこから世界がもろともに啜れるかのように。かすかにけむい、無味の感触が口腔のなかにひろがったかと思うと、やわらかい蘞辛《いがら》さに変わり、舌先をぴりぴり痺れさせ、ふうっと息を吹き出すとしろくねばるような流れをつくる、よく吹きすさび空でみだれる、煙が吐き出されるのだった。鼻の先から口のあたりまで、わずかにあまく、こぢんまり作られた菓子のように圧しちぢまり、引き締まっているが、ゆかしくしぶい、手ひどいくらい懐かしく、むごいくらい乾ききった黒つちの香りがただよった。瞬間、にごったような、いなたい婉約としか言いようのない、味と、香りと、しびれのあいだにある感触が、わずかに頭蓋ぜんたいにつたわる。と、ふっと胸のあたりから奇妙な冷えに似た何かが逆巻いて、微量の寒慄が肌をゆする。あんまり急にすうと、ニコチン酔いしちゃうよ。葉巻酔いはけっこうつらいからね。確かにそうだ。二口だけ吸って返すと、ふっと、眼差しをそらして、目の前の四杯目かのグラスが、ひそやかに汗をかく、その粒をみつめて、吸う。先ほど手洗いに立った時か、化粧がなおされて、横顔から汗ばみが一息にぬぐいさったように消えている。ゆっくりとまるい、梅染いろにひかる口くちびるをあけて、紅に昏む口蓋から、ゆるゆる吐いた紫煙が、ながれくる。のがれようもなく、それは口から吸い込まれ、肺までおちていく。ね、香水なにつこてるの。ジャケットに残ってて、脱いだあとも香りがして、ふわーってなったわ。ふわーって。

今度は二階になる。だから階段で下りていく。酔ったそぶりも見せず、足取りも確りしている、が、少し睡たげな表情になっている恵梨香を慮って、今度は先に立つ。半ばふりかえり、店を出たのをたしかめると、背のほう、恵梨香が降りてくるほうに神経を集中しながら、ゆっくりと階段を下りる。踊り場について、耳を澄ます。こつ、こつ、ここっ。と、いずれの段か、から足ばかりを踏む音が響き、ふっとふりむいたその瞬間、よろめいてもう一度、踊り場の何処に足をつけばいいのかわからぬ様に、手のひらをのばしてくる。受け止めて、むかえいれ、腰の骨の、下から三番目くらいにひたりとひだり手をあてて、温《ぬく》みを伝わせる、ようにする。と、かすかにみもだえて、抗うのを、ちからをこめて引き寄せると、こちらの胸にほそい顎がつく。むなばしって眉を寄せた、うわめづかいの、くろ瑪瑙の双眸がはてしなく円《まろ》んでかがやく。顔を寄せる、と、ふと目をそらし、つれて顔もそらそうとするのを、させずに、口をつける。かわいた、南国の、黒つちのにおいがする。そのまま、あいまいにくちびると舌をつけあって、じっとしている、と、やがて、薄らにあいたまま、戸惑いにこわばった唇《くちびる》がほどけて、ふかく、ふかく、舌をさしこみあって、幽かにのどをならしはじめる。葉巻の芳《かんば》しさに、不意に汗ばんだ、くすんであまい、不思議な香がたちのぼり、酒精をふくんだ涎のにおいにまじった。口を離すと、さらさらとおちる、ながい髪のひとふさを噛みそうになり、手ゆびでそれをよける、のを待って、もう一かい、と囁く。今度は、恵梨香の背伸びを迎えるかたちになった。

　車をとめて、行き先を言わせて、二人で降りる。あかるい。月までのみちのりは遠いのに、そのあおい、つめたい光が、恵梨香の顔おもてをひからせている。手をつないで、上気して、うかれあるくようにしていたのが、ふとしてもし足りず、腰の脇に出る花車《きやしや》な骨に手をふれて引き寄せ、かかえこむようにして口を吸い合うと、影になってよめないおもてから、くぐもった呻きが鳴る。男のひとは、みんなこうや。と、どこかとおい、鳴りどよもしが狭い路地を渡ると、ふっとその姿が尖り、鬼気がはしり、すばやく鞭のようにしなる腕を、スロウ・モーションで眺《み》ていた。ちいさな、ひわやかな拳がとぶ。ごっ、と、骨と骨がうちたたかれる音が、右の肋骨から頭蓋までひびく。ごっ、ごっ、ごっ、四つまで耐えて、手首をまたおさえる。もつれあう。月の光の冴え返りのしたで、円い二つの、くらい玲瓏が、しろい光点をふたつうかべて、見る。燃え立っている。

くすくすと、睡りながら顫《もだ》えて笑う。その夢のなかに這入って行きたかった。が、それは、むつかしい。一緒に死ぬよりも。

炎天、真しろく熱されて、万象ひとしなみに光る。眼の硝子体の奥底までを、けじろい乱反射でしいたげる。光暈だけで出来た世界は、くずおれ、よわり、少しずつ、すこしずつ、かすれがちな輪郭をうかせてくる。そのかよわい線がつながり、くろぐろとした翳を滴らせる、まで、ひっそりと立ち静まっていた。まだ、じいんと痺れ果てた二つ眼が、それでも幾度もの瞬きをへて、痴失からたちなおり、翳を吸う。また吸う。みるみる空は碧さをとりもどして、天頂を濃はなだ色にまで、殆どかぐろいようにする。今日はもう夏だ。はてしない夏の空の深みを、すすぼけたような民家の庇のつらなりと、腹ぶとい羽虫が剽悍にとぶ軌跡のようにまがり撓む、電線のくろいかげが斬り、とり、狭めて、ほそい路地の形をつくる。くゆらせる白檀のにおいが、辻を折れれば、くすぶりきえかかる伽羅のかおりになる。身の、汗にほのじめるおもてから、他人のうす甘い残り香と、ぬらつく体液のしょっぱさが、不意に立って。また白檀が、どこかで灼けている。仏具を商う店がなぜ、こうもやけに多い。また、また一軒、と歩みをすすめていけば、不意に大通りに出る。その向こうに大伽藍が見えて、腑に落とすことになる。そこでやっと、スマートフォンで地図を見ればよいのだという知恵がついた。

目の前にあるのは西本願寺、背中にむけてきたのは東本願寺で、これは堀川通と知れる。長い夜をあかして昼ひなか、ゆきかう車の排気のにおいが、いっそ懐かしい。車をとめようとして、堀川正面交差点をわたると、臓腑の底からあおぐらいような渇きが昇ってきて、口のなかにはきだす唾液の一滴もむすぶことができず、ねとつく口蓋の感触が、身のすべてにひろがって、胃がのろのろとひくつき、それが嘔吐《えず》きになりかかる。みずをもとめて、お西さんの御影堂門をくぐると、大銀杏のみどりの陰影がまばゆく、はてしなくて、逃げるように売店に入っていき、鉱水のボトルを一気に呑み下すと、そこでやっと、女人とまじわり酒がのこる、この匂い立てる一つ身で、というような不逞を、思うことができた。親鸞、上人だから、な。と、浅知恵がはしりたければ、好きにはしらせて、境内をよろぼいゆく。瓦いちまいずつが陽光をひんぴんとはねさせ、巨大な屋根がおのれをきらめかせている下で、御影堂からあがって、阿弥陀堂へと、ひろびろした廊下をつたっていく。簡素といえばいいか、豪壮といえばいいか、権柄尽くといえばいいか、判るわけがない。が、ともあれ、うつくしい焦げ色の大柱に手をあてて、御堂がつくるしばしの暗みから、屈託もなく、いちめん何もない宏大な夏いろのあかるさを、阿弥陀堂門の彼方をとぶ、積雲のくも底が定規で切ったようにきれいに一直線にそろう、ありふれた奇蹟をみるのは、たのしい。この御堂を支える大柱に、仮のよすがにあてた手が、腰の奥の芯が、くたれて、熟寝《うまい》のあまさで折れるのを、支えているのか。まぶしがる瞼をあやしながら、つく手をかえて、もうひとつだけシャツの釦《ボタン》を外すと、恵梨香のにおいがした。和菓子の、練り切りの、ももいろの、さらつく面に、歯を立てたあの瞬間の香りを、ずっとずっと身の底からたてていた。おさな子のときから、春夏秋冬、水菓子《くだもの》ばかり食べていて、その滴る果汁が肉《しし》おきに染み、しみわたり、ながい時を経て、躰のすべての穴から隙間から、その熟《な》れのにおいがするのだった。おやみなく揮発して。後付けの香ではなかった。蒸れればつよく、かくしどころはなおつよく立つ、それを嚙み、啜ってきた喉から、にわかにその戻りがこめて、昇ってくる。その息を吐くおのれを、聖《きよ》いと感じた。敢えても強いても、ない。

共寝のつかれが凝《こご》り、地をたたく夏のひかりがぷしぷしと灼く。目が痛い。堀川通から車を北に走らせ、部屋につくとそのまま寝台にうつぶせた。そのあいだに浮かぶ、酔いにまぎれてところどころうすれ、途切れるなかに、ふと、寝しなに囁いた、わたし、旦那おるよ、という科白が、いつのことかわからなくなった。恵梨香の部屋に入ってから、出るまでの、いつか。それとも。無用の詮索、という言葉が茫とうかび、それもまた何のどこまでについてのことか、わからなくなる。たしかめないのが、上分別だと思われた。

にがい、屍体の夢をみた。心的外傷《トラウマ》を負った者の、強襲する映像《フラッシュバック》は夢にはあらわれない。夢にみるということは、そう手ひどい疵ではないということだ。と、医者に聞かされて、かえって自責にくるしんだ、ことを思い出す。水差しからぬるんだ水を呑むと、乾いた李《すもも》の香りがした。まだ。

また眠り込んで仕舞ったらしかった。すでに薄明、俄には今が朝か暮れかもわからない。スマートフォンをみると、十八時過ぎで、恵梨香からメッセージが着いていた。昨日はありがとう。愉しかった。置き手紙なんてしないで、起こしてくれても良かったのに。すこし考えて、よく寝てたから。また会えると嬉しい。今日中にまた電話するよ。とだけ返信した。湯をあびて、電源につながれたスマートフォンをもう一度みると、かえしの言葉はまだなかった。そうか、まだ仕事の頃合いか。

京都という街は奥深い、けれど、なかに無理強いに入って行こうとしなければ、そう余所者にむごいことはしない。お客さんとして、遊ばせておいてくれるよ。それくらいの距離が丁度よいのだ。という意味の、恵梨香の言葉を思い出していた。わりとな、京都の人は京都の名所しらんからね。東京のひと、あらためて皇居とか明治神宮とか増上寺とか、いかないでしょう。ともあれ、教えてくれた寺社を訪なうには遅すぎる。かといって、購ったガイドブックをせっせとしらべるのも、何かはな白む。読むものがほしくなり、ふと一年くらい前からぼつぼつと、臥所に横たわって、外国のものを中心に伝記を読む癖が身に添うようになったことを、思い出した。素っ頓狂な顔をして、じいっとこっちを見るくせがある、しかし優秀としかいいようのない精神科医が、すこし幼いような、おどろいた顔をして、しかし生真面目につくろうた声を練って、それは、いいいかもしれません、と低くやわらかく響く声で言ったことも、併せて思い出された。そうだ、彼も、皆川が紹介してくれたのだった。

恵梨香が教えてくれた書店の名前をスマートフォンで検索して、場所をたしかめると、すこし迷い、袖を七分に折ったシャツのみ羽織って外に出た。ものうさも感じず、身支度の取り回しもはやく、ふと兆したひとときに乗らば乗る興から起こすことであっても、やらなくてはならないことは目を瞑ってまで、さっさとやって仕舞えたほうがよい。という、今の心根が、実はもっとおそろしい萎えなのだろう。しかし、この深々とした萎えに根を下ろした、煩擾《はんじょう》なり頓狂なりを、押さえ込むことができるか。それが、いったい、勝手になることか。衰えゆえに頽《ねま》りこもうと、同じゆえあって奔《はし》り出そうと、とどめようのないことだ。そうではないか。

ねむりこんでいるあいだに、夕立が降ったか。生がわきのみずの匂いがかえってどこか粘っこく、つよく、夢のなかの水の音は、あれは、と、次々たぐりだされてくるのを、ふと車をとめるために拗った身の、ひだり肋骨のにぶい痛みが遮った。車のなかから見る蕭殺とした京都の郊外の風景が、むしろこころよい。だが、東京にいるときよりもずっと車を摑まえるに躊躇なく、地下鉄やバスのたぐいを使っていないのが、まだ日々に身が添って褻《け》ごとになりきらず、いまだ漫《すず》ろに浮かれているようで、その根にどんな弛みがあることか。さなかながら、戒められた。それとも、この戒めも、はかないことなのだろうか。勝手にはならないのか。

棚のならびの佳い、しかし割とてびろい本屋と言うので、街中にあると思い込んでいたのが、車がすいすいと鴨川をわたってさらに北に行くので、心細いようになり、背をむける運転手の白髪にむかってたずねようか、手中の地図アプリを拡げようかとまどいが兆すころには、もう着いていた。いろを揃えぬ、斑になった煉瓦組みの壁に、さじ加減よく古びた看板が立っていて、その前に、自転車が居並んでいる。自転車で動くに丁度良い街だとはきいていた。成る程、もののよい機体がならんでいる。まあたらしく、差したばかりの機械油のにおいを生しく立てて、うっそりと疾駆のちからをこめて停まっている、あの深緋のロードレーサーのか細く勁《つよ》い、すがたの好さはどうだ。こんなところに、無防備に放置しておいて、いいものなのか。

棚を順にみていくと、うずたかく平積みに、朝倉恵梨香としるされた、寄稿した特集本のかさなりに、不意を突かれる。一冊手に取り、小脇にたばさむようにすると、恵梨香の手になる訳本が二冊、そのすぐ脇にある。その片方、どちらかといえば柔らかい内容であろうほうを手にとると、その向こうに知人の、小和田の二冊目の新刊が見えた。切りが無い、ように感じられ、二冊とも棚に戻す。ゆっくり見てまわるのは今度にしよう、そういえば今日は何も喰っていない、と、誰にむかってでもなく言い訳めいてきて、伝記の棚に辿り着くまでの、若い店員にたずね、その細面の、寝癖なのか髪型なのか判然としないやさ男と一緒に店内しばしまよい、あった、あったあった、いやすいません、僕新入りで、いやいや、ありがとう、という型通りの言葉を苦笑で交わすまでの挙措のいちいちが、なにかそそくさとするのが、まぬがれない。

この国のものは、すぐにだらしない評伝になる。息を忍ばせて、聞き取り、通い詰め、資料の埃をていねいに払うような、根の詰め方がたりず、すぐ息切れて、とりとめも埒も益体もないような、述懐や詠嘆や、とってつけた浅慮に逃げる、とまあ、これも型通りの、どこかで聞いたような言いぐさであって、ならば自分でやってみればよい、で落着になることが、われながら憂わしくなり、と、評判たかい英画家と仏詩人の大部な伝記の翻訳が出ている、そのぶあつい背表紙を見つけ、心躍らせて中身をたしかめる。くち元がおのずとほころぶ。全く、一人で棚を前にして苛立ったりうれしがったり、百面相ではあるまいし、浅はかなのはどちらかと可笑しくな、わっ、い、わっ。

笑っている。声もでている。大笑いの部類に、はいる。のに、ひたりと停まっている。ひくついていい輪郭を、そよとも顫《もだ》わせない。ただただ、三日月よりは太い月のかたちを逆さにして、双眸をそろえている。ふっくりと厚い唇だけ、まるく突き出すようにして、そこからふるふると顫《もだ》えがようやく伝わり、急にくの字に折れる。あーおかしい、めっちゃおどろいてたで。ふわぁーゆうた、ふわあって。このひと。佳子はけらけら屈託なく笑うと、静かな店内で、他の客がみなこちらをふりむいているのに気づき、ふっとこちらを見て、怒っていいのか、笑ったら正解なのか、とにかく呆れたような顔をつくってみせているのを見ると、あ、ごめんなさい、どうもすいません、と、誰ともなく声を店内すみずみにまで、ひくく、ちいさいのに隅々にまでわたる響きで通して、これもどこへともなく三度四度会釈すると、あらたまってばつの悪い顔をして、ごめんなさい、とこちらに言うのだった。何なんだ、よ。と、こちらもかみ殺した声になる。や、なんや棚前にしてな、むすうってしたりにこにこおってしたりしてるから、何やろあの人おもたら、知ってる人やったからな。な、あんまり怒らんといて。

と、この燥《はしや》ぎは、明らかに酒が入っている。ひそひそとした光をこもらせている、蠟のような肌つやの、すきとおった頬が、すこし上気して、ごく幽かなあやをなし、うす紅の汁に浅くひたしたようにあかい。みぎ目の、潤《うる》けたしろさに、まだ赤い罅がひとすじ這入っている。どこか、おさない。と、前髪だけ無造作にひとふさ結んでそのまま上にはねあげるようにし、額をまるまる剝いて、まるで十《とお》なるならずの少女のような恰好《なり》にしていた。膝上にタータンチェックのパッチワークが施してある茶目が利いたダメージデニムもあどけない、男もの風にざっくりつくって七分丈に折ってあるもので、のびた細い脛の先に、白地にこまかい花模様をちらし、ぜんたい洗いざらした布地であつらえたハイカットのスニーカーを履いて、頓《とみ》に底びかりする生地の淡藤いろ一色、すこし腰辺り、着丈が短いワンピースをそこだけくすんだ真朱《まそお》の肩紐でかけて、蛍光に照らされて白練りにひかる、ちいさな肩を出している。や、あんまりじろじろみんといて。今日はすきだらけの恰好《かっこ》やねん。あのな、あたし、実家がすぐそこなんです。

この書店は夜十時までやっていて、父親の晩酌につきあったあと、佳子がきらいな番組を一家揃って見るならいがいやで、かといって教官の都合で早出しになったレポートがひとつあけたばかりで自室に籠もる気にもなれず、そういうときはこうして自転車《チャリ》のってここ来るんですう。え、んーと、五分もかからへんちゃうかな。

わ、ありがとうー。このスニーカーめっちゃかわいいと思いませんか。だあれもほめてくれへんかってん。や、この髪型は、あかん、隙ですわ。ってあたしすっぴんやん。あかん。と、か黒い珠のおもてに、水銀が滴ったようにゆれゆれて、こちらの眼差しをするする呑んで仕舞う、あの瞳をうわめづかいにし、森々とみつめ、て来て、突然両の掌を頬っぺたに押しつけ、にじるようにして手を上げて、ぶー、下げて、すー。あっ、なんやめっちゃうけてる。なんなん、なんなん、ほんまぶすやおもたでしょう。思ってねえよ。

伝記って、伝記っておもしろいんですか。まあ。会計を済ませて、店を出ると、俄にひたりと、おのれの肩をかきいだく。黙ってシャツを脱ぎ、片手がふさがっているので、ぽんと投げて頭にかぶせるようにする。ほら。あ、あたしもう帰るから大丈夫ですよ。えっ、このへんでごはんゆうたら、ラーメン屋さんくらいしかないなあ。すぐそこにあります。え、連れてくのはええですけど、ちょっとまってくれはります。と、するすると白いシャツの、釦だけ大ぶりのものの袖を通して、襟を跳ね上げたまま、携帯を出して、あ、おかあさん。うん、友達におうてんよー。ちょっとお茶してからいくわ。うん。うん。大丈夫やって。知ってるやん。大学のゆみちゃんやで？

えへへ、嘘ついてもうた。わ、このシャツめっちゃいいにおいする。香水なにつこてはるのん。と、すたすたあるいて、あの美しい、深緋のロードレーサーに近寄っていって、鍵をあける。これ？　あたしんですよ。知り合いの自転車屋さんが、おとんの幼なじみで、いらんようになったフレームで組んでくれたんです。えっ。と、ごく簡潔に、むかし、ロードレーサーに乗っていて軽トラックにはねられ三ヶ月の入院をしたこと、そのあと半年ばかりは思うように動けなかったこと、そのため今でも踵に傷跡があってよく見ると引きずるようにする癖がぬけないこと、こめかみに薄らに創《きず》が残っていること、そして何よりもヘルメットを被っていなかったら即死だったと主治医に伝えられたことを路上で話した。すこし黙り込み、すこしだけうるさがる、物憂そうな、こまった顔をして、じゃあ、今度買うときつきおうてください、と、これは躲すことばだった。

　あたしは、たべたら食べただけ太るからなぁ。遠慮うしときます。といいつつ、小ぎれいで、鶏で取った汁が十八番らしい、繁盛している麺屋のカウンターに並ぶと、また、瓶ビールの泡だったグラスひとつだけ片手に、むら気な喰い意地のつよさがおさえきれなくなって、ええなあ、チャーシューひときれだけほしい。などと言い、みると下くちびるを嚙み、ゆるくあけた口から変に赤い舌先がねっとりのぞいて、みぎ指をわきわきさせて、すぐにでもこちらが啜っている丼に手をだして指つきさし、一枚さらい、囓りだしかねないので、おい待て、落ち着け、と、店員に声をかけ、酒の当てのための具だけ盛った皿を出して貰う。タンパク質はダイエットに必要なんですよ。ええ。などと、なぜか聞いたような声をつくりだしながら飄々と一皿、するりと呑んで仕舞う。こう盛られて、箸でたべるのは、ちょっとちがうねんなあ。などと軽い不届きを言う。ふてているのではない。が、どこか、ふてぶてしい。色抜きした蜜蠟をていねいにけずり出したような顔おもてに、花車《きやしや》なすがた、おとなしやかな眼差し、とは別に、何かなつっこい、図太さがにおう。凝然《じっ》と、グラスに、ぽってりとした唇をつけたまま、一点をみている。みおろしている。それ、さっきのあれですか。かるく組んでいるこちらの、革とコルクづくりのサンダルを履いた足の、剝き出しになった踵を、見ている。これ、割ったんですか。えっ、縦に。い、た、そうー。なんか顔みたいになってるだろ。人面疽みたいな。じんめんそ? えっ、痛くないんですか。今は全然。えっ、えっ、と、戸惑うわりにはすうっと、遠慮会釈もなしに、綺麗に塗りをこしらえた指をひとつ、ふたつ突き、果ては三つ指でつまみ、わ、固となってる。なんや膨らんでるやん。こわ。実は触られると、まだすこし痺れるんだ。へえ、そうなんや。大変やってんなあ。と、そのまま拈《つね》ったり、爪を立てたりしようとしだすので、足を組み替える。あーめっちゃこわい。こわいわ。と、今度は自分の三つゆびをみて、感触をたしかめながら、ゆるゆる触覚がうごめくようにうごかし、何かとなえるようにする。お絞りをもうひとつ頼んで、手渡す。え。いや、足だよ。拭きな。あ、ありがとうございます。

あ、あかん。と、見ると耳だけ真っ赤で、えっ、あたしお酒よわいんです。ビール一本とか無理むり、ってそんなことはどうでもええねん。ほら、とシャツのみぎ袖をみせる。気を利かせて、まるい円をえがくように筋をたててチャーシューにかけてあった醤油垂れの、染みがついている。踵にふれているあいだに、つけてしまったということか。ごめんなさい。ほんまごめんなさい、クリーニングして返しますわ。いいよ別に。や、よくないですよ。なんてことないよ。そやかて。と、人の服を汚すということが、佳子にとっては、切りない劫罰にあたいする、かのように、おびえた眉をつくり、かためたこぶしを二つ、胸の前でそろえてみせる。おねがい、ちゃんと洗ろてかえします。こういうことが、やりきれないまで、困ったことなのか。と、その顔をみながら、出したハンカチをコップの水にぬらして染みを叩き、見る間にほとんど抜いてしまう。はい、おしまい。で、今何時？　九時です。ほらほら、優等生は、はよ帰り。今日はありがとな。わ、わ、めっちゃ下っ手な関西弁、むかつくわー。

外に出る。草の熱《いき》れが、大気のくらぐらとした底から、むうんとむしあげている。鼻先がしびれるような、夏のはじめの、したたるみどりのにがい精気が、夜になって弛《たゆ》み、かえってぬるく、のみやすいようになって、こちらのつかの間の安堵につけこんで、するするすると、どうしても、あおりこまれてくる。あつい汁を啜った男の身には、けうといような暑さだ。りいりい、りいりいん、と、地虫が鳴く金気の音だけ、一抹の涼か。しかし、女の細いふしぶしには、何か知れぬ、ひそやかなつめたさが染みいってくるようで、また、肩をひんやり抱いている。もう、帰らはるん。と、不意にゴムの髪留めを、びりびりと引くようにして取り去り、前髪がはらはらと落ちる。ひとふさぶん、整わずゆれゆれて。火照った蠟のおもて、かるく寄った眉が、街灯に冷やされてひかる。帰るよ。せやんな。あ、でも、帽子のお礼しないとな。いつがいい？　あ、あ、再来週から試験期間なんです。だから、はやいほうがいいです。と、急に携帯をいじり出す。冷光に、あのおもてが青びかる、のを、眺《み》ている。今週末、あさっての金曜日とか、まるまる空いてます。じゃあそこで。どっかこのへんで、お寺とか案内してよ。ええーっ。京都なんて、なんもありませんよ。ここらへんなら、そやなあ。下鴨神社とかなんですかね。わかった、じゃあ、それは、また今度にして、今回は旨いものでも喰いに行こう。河原町の髙島屋の前で待ち合わせで、いいよな？　あ、大丈夫です。そこしか知らないだけなんだけどね。そうなんですか。うん。六時すこし前で。はい。おっけー。おけー。よし、今日は帰ろう。ほら、夜道だぞ。気をつけて。はーい。

颯《さ》っと跨がり、かるい身ごなしで、すうっと闇にとけていく、途中、不意にこちらを振り向き、遠くからでもわかる、ほころばせた口もとをして、手をふってみせる。ばっかやろう、前！と一声さけぶ羽目になり、店から出てきた客のひとむれを、慌てさせることになった。こちらも慌て、照れが出た、のか。だから、電車を使うんじゃなかったのかよ。そういう日常に馴染むのも、転地だろう。と、そそくさ車に乗ってから、苦笑させられることになった。

ねむくなる前にと、恵梨香に電話をかけると、研究室からの帰途で、いまから地下鉄だという。まだ昨日今日よ、と、近況をつたえあい、今夜中に仕舞わなくてはならない訳稿があると言うので、近々に向こうの仕事の目処がついたら知らせることを約束して、電話を切る。ねむるために処方された薬を二種類一錠ずつ飲み、早々に臥所についた。のんで仕舞って、横たわって、調達してきた読み物をひろげてしばらくしてはじめて、今日がほとんど六、七時間しかなかったことに思い至る。何の疑いも訝りもなく、所作のながれがなだらかに連れてきて、ここにこうしている。なら、何のゆえにせよ、身がそうしたがっているということなのだろう、と、腑に落とすことにした。起きてしまったなら、その時だと思えた。伝記の一冊の、やや長めの序文と第一章、作中の彼がまだ十代のいくつかの挿話を終えないうちに、不意にあの独特の、みずからの躰じしんに褻《な》れてしまったような重だるい痺れと放心がやってきて、灯りを消した、ことは憶えている。夢は見なかった。

うす曇るそらが低い。いちめんにいちめんにほの錆びた錫箔を貼ってなお、雲はおもてを透かし、目映い。この茫々とひかって圧しせまる雲いち枚の向こうには、夏の巨大な光圏があって、目つぶす光がいまにも雪崩れてこようと、犇《ひし》めいているに違いなかった。その汪溢に圧されて、圧された箔押しの薄雲の垂れ込めにまた圧されて、地とそらのあいだがせまくなる。縮まる。吸う息が、すこしだけ粘《こし》を増し、吐く息とおなじくらい、ぬるく、ほの湿って、何か知れない臓腑をくぐりぬけてきたような、ふやけて、躙《にじ》られてくさる有機に匂う。閊《つか》えはない。通らないわけではない。ただ吸っても吐いても、どこか徒労で。うすよごれているには決まっている、おのれの肺の大気のなかを行くようなもの憂さと、かすかな安堵がみちていた。行く手も、来し方も、街ぐるみどこか放心して、盗汗《ねあせ》をぬぐいきれないでいる。

東へ、ひがしへ、と、歩き出すことに決めた。大通りをさけて、小路をえらんで、進む。スマートフォンも、手帳も忘れてきたのに気づいたのは、今更引き返す気が無くなる程、迷い果てた頃合いだった。仮に、いま自分の向いているほうが東だとすると、南があかるい。ややひろい通りを渡ると、おのずと右手うしろに入り込んでいく路地につきあたり、足をかずけてしまえば、あの何か知れぬ、南風が走るのか、あぶら照りの空に、そこだけ錫の錆がうすい、いちめん茫とあかるむなかで、かろうじて布雲がちりぢりたなびいて、きれ、割れ、分厚い膨大な夏の光が、そこから落ちてきそうな方へ向かえる。あの場処に、向かわなくてはならない。みちゆく人々の、はたはたと白い、扇子や、頬におしあてられ、あるいは団扇《うちわ》がわりにさされる、手拭いのたぐいが、まだみていない木槿《むくげ》のように、あちこち咲いている。不意に、吸う息に、淡水のみじろぐ。行く末から、においと、音と、いいしれぬ気配になってぞよめいている。古来から、こうして、京の路に迷い、まどい、いまさら細らせる身もないような心地でよろぼう、ものの道理がわからぬ鄙《ひな》びとが、数知れずこの同じみちを、水のにおいがゆくりなく誘《おび》いてくるのを、さからう術もなく、何にあくがれてか、何の罪科《つみとが》あってか、大君の命畏《みことかしこ》み鄙離《ひなざか》る国を治むと、そのひな離る国をはなれて、またはなれきて、路が大道に出た。すこしく閑散をにじませる、その道をさらに行くと、今出川の交差点になる。

街中に佇んで、しかしまだ水が呼ぶ。河原のみどりが、存外にぶ厚いなか、ながれはひそひそと淀みなく、雲の切れ間もなくて眩《くるめ》かす照り返しもなく、そのすべすべした水のながれが、いっそひとしなみに油でできているかのように辷《すべ》っていく。彼方から伝ってくるしめやかに、陰にくぐもる、トロンボンの、緑青さびが出たようなしめやかな音が俄で、見当をうしない、何処か誰かもわからなくなり、見上げると空は金気の音ひとすじのほかはしずかに、雲をさらに鉋で薄けずりにして、あわさを拭い去りかけ、うすよごれた眞珠の、巨大な球体のおもてになってひかった。You came. you saw. you conquered me. / When you did that to me. /I knew somehow this had to be. にぶい白光が、ふところに入ってきて拡がる、忘却のしずかさをすって伸びる、のびる、うら悲しい、熾火《おきび》のような旋律、が、停まった。呼ぶ声がして、呼ぶ声がして。もう呼び交わせなくて。呼んだ声を、届けられなくて。って、何してはりまんのん。

もしもし。もしもし。どないしたん。と、うすらに蒼ざめたように錆がういた、アルトサックスをかかえた、逆の手を、目の前でひらひらと振る。なんや、ぼうっとしてはる。どないしたん。いや、大丈夫、大丈夫。

またおうたなあ。こうなると、偶然じゃなくて運命だよな。ははは、せやねえ。ジーズ・フーリッシュ・シングズ。そうそう、よく知ってはる。佳子って、ジャズ研？　そんなんちゃうよ。聞くのは好きなんやけどな、なんやもう、人間関係とかうるそおて。あ、吹奏楽部で、親がジャズとかきくんです。今はもう、たまあに、学園祭とかで、応援でラテン・バンドのうしろで吹くくらい。うん、折角中高ずっと練習してきたんやし、今さら放り出すのも、なんか可哀相やないですか。たまにここで吹いてます。大学近いし、うちやと、近所めいわくやし。

頭から終わりまで、もういちど、吹いて貰う。中高六年吹奏楽部だった、という程度の鍛錬ではなく、丁寧にていねいに、抑制を利かせるなかに、小癪なくらいのフェイクと、朗々と三十二小節のインプロヴィゼーションをいれてみせた。はい、はくしゅー。いえーい。せやろ、才色兼備やろ。もっとゆうてー。と、おどけながら自賛してみせるわりには、や、そんな真顔でほめんといて。てれくさいわ。と頻《しき》りにはにかむ。やめて、やめて、下手なのはわかってんねん。

お礼がわりに、近くにあるふるめかしい喫茶店で珈琲を飲んで、や、ケーキはあかん。あかんねん。と、また鴨川の畔《ほとり》に立つ。練習邪魔しちゃって、ごめんな。いや？　ぜんぜん？　いまな、休講になってしもて、ひまやねん。この辺で、何か見るとこないかな。あー、下鴨神社ゆうてたやん。ここから近いで。行く？

と、歩き始めた途端に、こらえ性なく、錫箔の空が引き割れた。西ぞらで次々、下る光芒の槍につきさされ、くだかれて雲が溶け、あかるんでいくと、ふとあたり一面、鴨川を縫うように、光芒が次々ふりかかり、地にささり、油照りとくすんだ曇らわしさをひとぬぐいで拭き取って、ふくらみ、ひかり、万象を灼いて、みるみるうちに翳を濃くちぢまらせる。珈琲の香りが息から立っているあいだに、まばゆい夏木立が居並んだ。

夏が巨《おお》きい。まばゆく白熱する天球の無窮が、ひたすらに、今度はじかに、地を圧《お》している。深空《みそら》から、澄んだ大気の分厚さを瞬時に貫いて振りくだる光に、その酸に灼かれ打擲されて、みんな昏んで、しずかに塩ばんでいる。喘ぐこともゆるされず、黙《もだ》し切らされている。響《とよ》んでいる、筈の街の音が間遠で。

突然、雲ちらした筈の風も蒸発したか。その無風が、むごい。蒸し上げられてけうとい、焚かれて痛い。体温ときっかり同じだけぬるい、湯みずをたたえた、気圏ときっかり同じだけ目眩むほど深くひろ水槽の底で、夏の底の、底で、かすかにふたり、息をしていた。そして吸うたびに、吐く息と同じい人肌に温《ぬく》い湯を呑まされて。ふつりと、佳子のふくよかな下くちびるの端に、気泡がふくらみ、一粒が遙か頭上へと立ち昇る、が最後、ごぽごぽと喉から子どもの頭大の泡が無数に吐き出されて、真清《まさ》やかに烈《はげ》しくひかるそらの青みのなかで水銀の大粒のように輝いて、この街の数多の場処から、この街の数多の人々の口蓋から鼻腔から、白昼、無数の星々のように昇天していく。となれば、その水銀の泡を吐き切った人びとの肺は、この巨大にまるく永遠《とこしなえ》にまたたく、何も何ひとつも隠せないあかるい硝子の水槽の、膨大な液体のなかで洗われ切ってしまう。のだろう、か。溷《にご》りない漿液が渺《はる》かに満ちた世界に、ゆすれながら、慄えながら、泡粒が立ち昇らないのは、もう洗われ果てているからか。羽よりかるい銀の泡ごと、この奇蹟もろともに、何もかもを忘失したか。莫迦な――。知っている。水は濁る。水は殺す。もっと、もっともっと、くされたものだ。水にこがれる、この身のほとんどは水なのに、水にせめられて、人は死ぬ。知っている。おぼえている。

この無機の光の猖獗《しょうけつ》の只中で、有機物どもはくるしんでいる。おのれの汗沁みなのだ。しかし遁《のが》れたい。と、木陰で息をついても、夏がみどりを唆《けしか》ける。吹き出し、撒き散らす、生葉を嚙んだような、つらい辛さ渋みが、腥《なまぐさ》いまでに、肺の奥底に汚水の様に貯まり、ゆるゆると対流する。そのまま噎《む》せるように吐《たぐ》れば、みどりの汚泥が、藻の腐れてうち捨てられたあの泥濘が、口からおちるのか。なんや。どうしたん。きのうあんまねてないのん。えっ、あまりねつきよくないって、ゆうてたやん。きのう。

賀茂川と高野川が合流して鴨川になる、その中洲と両岸をつなぐ飛び石の前で、あえて大きめにつくった真新しい、ふち黒のラグランTシャツをかぶったその裾から、褪せた色合いのショートのデニムパンツの裾をさらにすこし覗かせ、真横に白いステッチのロゴがていねいに入ったワークキャップをあみだにかぶった、しろいウェッジソールのサンダルという出で立ちで、全体白黒紺で、少年のようにまとめた耳から急に大粒のしずくに固まる、桃はな色の澄んだ結晶が金の鎖でさがるピアスをつけている。そんな姿で、腰から捻って上半身だけこちらを振り向いている。あわい、やわらかい色味をだしながら、烈しい光の下では、なぜかこころ鎮むくらさをにじませる髪があそび、さらめいて、頬にかかる。子どもたちの歓声が響き、川の音と淡水の香りがからくもわずかな涼を醸していた。や、昨日はなんだかよく眠れた。本よんでたん。うん。

亀と千鳥を象《かたど》った飛び石はわずかにあいだがひろい。酔ったりなどしていなくても、大柄な男でもどうかすると踏み惑いそうで、いくらピンヒールよりも歩きやすい厚底の設えとはいえ、そして京都に生まれ育った佳子とはいえ、すこし無理がないか。や、大丈夫やで。子どものころ、落ちたこともあるしな。そういうちゃらくらを、聞くわけには、まあ、いかない。先に立って、振り向いて、手を取って、つないで、抱きとめる。賀茂川の澄み切って痛い反射に目癈《めし》いられながら、対岸に着くまで、飽かずそれを繰り返す。しか、なくなる。かすかに熱《ほとほ》る、つややかな素肌が触れる、二の腕がしらしらとつめたく、汗ばんでいる。ひとつ石にふたりが載り、互いのぐらつきを抑えて黙りこみ、水隠《みがく》る何かを共にさぐるように凝然《じっ》として、五感を冴えさせて。この浅瀬で水のなかに何か居るも無いものだ、と、わずかにも曇りない流れのなかで浮き、ひらひらと尾びれを振る小魚の群れの、うつくしい静止を、見ていた。川面に拡がる無数の反射の、煌きの、一粒ずつを見ていた。中洲に揚がる。川が遠くなるたびに、子らの声が遠ざかるたびに、また夏が黙《もだ》す。鳴っている、笘の音が身から離れる。いっぱいに太陽を孕んだ光の下で、動《やや》もすると奇妙に明滅する地の照り返しに晒されて、喪神のめざましさが無人の、無物の静もりを強いる。誣《し》いる、か。しいん、という脳蓋のなかのゆくらかな軋みだけが一糸まとわぬ果敢ない正気のよすがである、かのように、光芒が耳を蹂躙する。

その静まりが止む。耳がひらく。微風が渡ってくる、さらさらと梢が鳴る。蟬がすだく声が薄《うつす》りと、いつかいつの日かの遠い鳴りのように、いまここがすでに懐かしい、あの夏の夕の甘い追憶であるかのように、うれしく降る。つめたい幾重もの薄衣のように揺れながら声は落ちてきて、ひんやりと押し包まれていた。雪のように降り敷かれた白砂利が足下で、磁器のそれよりも朴訥として沁みる、石打ち合わせる潜み音を、かちかちと立てている。その音が、膝頭にすずしい。耳が通る、そして息が通る。一面のいちめんの葉と陽の淡彩が、木の下道に漏れ零したひかりを幽《かそけ》くしていた。しめやかにしていた。強いられた聾啞に近いなにものかが去って、音がひそひそと立つにつれ、麗らかな正真の静寂があたりを軽くした。そう、軽く。きれいやなあ。くるの、ひさしぶりや。と、何かを思い出す目をしている。こちらを差して、なにもみていない。

木暗さがうすい、木立の緑がうすい、ゆえに木漏れ日があわい。万物が澄んで爽だつ。そしてあかるい。樹木のくらい繁さがない、鬱蒼とした枝の影の差し交わしがない、陽光を透かした梢の一むらずつが、昏さ重さを、わずかに甘く、咀嚼している。腐葉土のゆっくりと朽ちていく、その死のにおいすら、灰かで。人の手が入っている。これはひそやかに精緻に組まれた浄《きよ》さだ。え、糺の森て原生林やで、と反問して即座に首を傾げる。あれ、でも管理されてるとか剪定されてるとか聞いたことあるなあ。どうやったっけ。

褪せた青葉闇を行く歩みにつれて真後ろから佳子の、あのうすあまい、黒ざとうのような声が囁く。こうやって大事にしてもなあ、結局は燃えてしまうものやんか。なくなってしまうものやん、この森も、この先にあるお社さんも。ぜえんぶ燃えて灰になって、それで何が残るのかいうことやろ。——さっきの由緒書きに、応仁の乱でほとんど燃えたって書いてあったよ。と、振り返る。ぱちぱちと生木が爆ぜて焼ける音と匂いのなかで、焙られ焦げ切っておのれの葉をも下草もろともに灰にして末枯《すが》れ果てたかのように樹々がかぐろく翳って、満天の星空よりもなおくらぐらと黒ばんで、その不吉に佇立する焦げた姿のあいだから燃え盛る炎が明るみ、そこから鬨の声があがった。鯨波がうねる。騎乗の武士《もののふ》たちの影が遠くよぎり、白石敷き詰められた参道がしらじら茫と浮いてなお昏く、風が花びらのように燠を舞わせた。どこからか飛んできた燃えるきれぎれを散り敷かせた。草の灼けるにおい、木の灼けるにおい、社が灼けるにおい、人が灼けるにおい、そのなかで彼女はワークキャップの鍔を三本の、やや遠目にもきらやかしく爪《ネイル》ひかるゆびでつかみ、視界を斜めに横切って追い抜いた。振り返る。

一瞬、目の底に貯まるひかりがひどい銅に凝《こご》る。瞬く、と、朝湿りのような香が刺してきて、淡く澄んで爽らぐ参道の、涼やかな、手練《てだ》れの浄さのなかで彼女のほそい項の、うすい色の黒子が見えた。すいっと手首をかえし、キャップを前後さかさにかぶって、そのまま、行ってしまう。賢《さか》しがるのがきらいなのだ、この人は。

そのまま表情を見せずに後ろ姿で言う。それって面白いやんか。おもしろいわあ。だってなあ、この森もお社もみいんな燃えて、全部かは知らんけどとにかく燃えてしもて、それをまた作りなおそうとしたゆうことやろ。そういう人たちがおったゆうことやろ。なんぼ焼けても、なんぼ焼かれてもな。それはええな。

とても、よろしいな。

眞珠だ。何の企みか。生まれた時から、この古都のかたすみで、眞珠のつぶを呑まされて育った。身のなるはては、内側から透けて、茫とほのびかる肌のおもて。だから、あかるい。はなれていても、人波のさなかでも、あのようにひかっているので、佳子とすぐわかる。わっ。わっ、って、このおっさんアホや。もうみえてるっちうねん。やめて、手えわきわきさせるのやめて。ゾンビっぽいのもやめてえー。あー、おっかしー。

ワンピースではあるのだ。だが、くしゃくしゃした光沢ある生地でできて撫子いろに淡い切り返しが、腰の辺りから穿くローウエストの、膝よりもかなり高いところで切れているミニのギャザースカートに見えて、その上からは涼しげなかるい藤いろの、麻のような手触りの生地にかわって、胸元まで、ふわふわしたあまやかな仕立てで、デコルテというのか、胸元から肩まではだかとみまがう同じ生地のシースルーで、肌透けている。大きな灰桜いろのリボンを前にたてたさくら鼠色のひかるヒールに、あとは首にも、耳にも、指にも、なにもつけずに、ただひと房だけ前髪を編み込み、それを右眉のたかさから右上にとめるスリーピンの、大ぶりのおちついた臙脂に金の縁飾りがついた髪留めで上げ、同じ色合いの瀟洒なハンドバッグを手に持っていた。ローウエストのせいか、うす紅の階調のワンピースのせいか、足元のリボンのせいか、髪留めのせいか、ぜんたい懐古《レトロ》の、くすんだような、甘さがして、どやあ。どやあじゃねえよ。えっ、でもこのワンピかわいくない？　いま、かわいいと言おうと思ったけど、いう気なくした。先に言うなや。えっ、いまからでもゆって。ゆって。遅ないで。ほらほら。

あっ。と、不意によわった、あの眉をみせる。昨日の、飛び石をわたった時のてのひらの、素肌の感触がのこっていて、手をひいていた。ゆっくりと、しかし確実に、手ゆびの一節ひとふしにちからを込めて、ふりほどこうとする。厭か。や、いやちゃうねん。だけど、このへん友達がようけおるから。なんや羞ずかしゅうて。じゃあ、と車を停めて、手をつないだまま、乗り込む。佳子の影法師《シルエット》が、すこしのあいだだけ、凍りつくと、くつくつとした喉の鳴りがきこえてきて、手をにぎりかえし、ぐっと腕《かいな》ぢからをこめて、こちらの身をひき、寄せる、かわりにこちらを重りに、ついと引き寄ってきて、肩をぶつけて、ささやく。こんなこと、ばっかり、しててんねんやろ。東京で。

あたしなあ、おなかすいててん。そら豆と、トマトと、賀茂茄子を焼いたのを、ふるえて透明にゆれる蓴菜《じゅんさい》でジュレにまとめた小鉢がくると、花やかな闊達をほそく一輪挿しにしたような姿で、くるくると七変化の顔をみせてよく笑って、雲がちぎれみだれるたびに花びらの色ざしが刻々変わるよう、だったのが、ふっと黙り込み、箸をとるまえに、ちいさく作った向日葵の様にすくよかに、直ぐに伸びていた背すじをゆらりとまげ、一度すわる猫の背のようにまるくして、うっそりくねらせ、腰のあたりからゆっくりねじりあげるようにして戻しながら胸を張り直した。精巧に組まれた貝殻骨がゆっくりとひらいて、そのまま音もなくまたひきしぼられ、閉まって揃うのが、手にとるようにわかった。すっと出した箸で、さっととる、大ぶりのひとくちで、惜しみなく食べて了《しま》う。話をするあいだ、一瞬おくれて、厚いくちびるをすぼめて、思案顔をみせたかとおもうと、わ、わ、今のトマトたべた？めっちゃおいしいで。ほおっぺた、きゅうんとする。これおかしい。どこの？と、カウンターの料理人が、引き受けてすらすらと淀みなく説明しだすと、急にかしこまって、くちびるをすいこんで、うすくつくるのが、可笑しい。何をわろとんねん。と、また唇をとがらせる。とがらせても、まるい。

　躾がよい。なにを食べても、まどいがない。妙な、氏素性、ひとの性のあささをみせるような癖が、不思議なくらいに、ない。そのけじろい蠟の肌とあわせて、どこか世ばなれして、ひと形めいている。のに、けぎよく食べるすがたの一いちに、どこか猛々しさがこもる。禍々しさか。箸をだし、すっと囓る、その挙措ひとつひとつが、餌食はうまれついての餌食で、おのれは生まれてこのかた喰うほうで、遠慮会釈などいらぬ、ただただ一途に、よろこべばよい、というような、花やいだ酷薄がある。殺《ばら》してしもたもんは、喰わなあかん。つとめやで。とでも言いたげな、啜《すす》り貪《むさぼ》るみずからの性根への、怖じけなさがにおう。食べる姿を、凝然《じっ》とみていても、くちをうごかしながら上目づかいで、何ですのん、と目できいてくる。もの喰うすがたが、恥ずかしくないのだ。

京都なあ。そんなたのしいことばかりでも、ないよお。七条から向こうは、とかゆうたりするし。あれ厭やあ。あ、鱧のやいたんやあ。うれし。と、椀をあけた湯気を、さかさ月がひかる笑み顔で、すうっと吸い込む。手をそろえて、お澄ましを吸う直前に、にいっと笑う。純白の一列が、ぞろりと粒だつ。くっきりと澄みきって、おお粒がそろった歯並びのなかで、犬歯がひときわ、巨きい。八重歯とは違う。

あ、これな。これ、いやなんです。ふうっと歯を剝いて、そのつやめく唇の下で、ぬれて冴え返る尖りをみせる。なんや、もうじゅうみたいやろ。なんや猫とか、虎とか。たまあにな、小さい子どもとか、笑うとこわがりますねん。失礼やわ。こんな虫もころさんような佳人薄命子ちゃんをなあ。って、黙ってうけてへんで、何かゆうて。ひとりにせんといて。ちょっ、つねるのはやめろ。あ、こっちのほうがあれなんや。せやんなあ。うふふ。また服汚すぞ。ほら。

目えな。ずいぶん治ってきたおもてたんやけど、まだ目立つ？　と、店を出て、狭い踊り場で、和服の女将の礼をかるく辞退して、エレヴェータを待っていた。逆の側に座ってたから、どうかな。えっ、まだ赤い？　みて？　と、同時にエレヴェータの扉がひらき、先に乗り込む。と、どこかよちよちとした歩き方で、寄ってくる。しろい、眼球を、ゆびで押して、無理じいに寄り目にして、ちかよってくる。のぞきこめば、真みずのいろをかけた白磁の珠が、まざまざ眼窩の洞《うろ》のなかで、ぐりっと寄って、一筋だけ、うすいが、はっきりとした赤の罅をみる。片目の、手でおしまげた、不自然な瞳で、見交わす。ちいさな拳ひとつぶんの隔たりを、すっと縮めて、くちづけた。辷《すべ》りこませようとする、舌のかたさを、あつい唇だけで噛んで、こばむ。ぴいん、と電子音がして、口がはなれた。一階のキーを、肩越しに押す。右ゆびをゆっくりはなして、無表情に、蠟のつめたさの顔おもての、銀が浮いたくろ目を、からめてくる。せやん、なあ。と、閉じるキーを押しているこちらに寄ってきて、すっと踵をうかせると、口をつけてくる。一瞬、つける前に、舌をだしてしろい犬歯の先がひかるのをみた。

車のなかで、ひっきりなしに脣《くちびる》をほしがった。部屋に入って、靴を脱ぐと、背が一段ひくくなる。おさないようになり、もう一度くちづけると、背のたかさの差がふえている。せやんなあ、こうなるよなあ。なにわろとんねん。冗談ちゃうで。なんや、あたりまえみたいにしてバスタオルわたすな。あほ。

蠟でできたからだは、造花の蘭のように、においがない。どこまでもつややかに、手のひらにも、口くちびるにも、一粒もざらつきがのこらない。歯をたてて、蠟のように創《きず》がつかないのが、不思議だった。

口うつしに、金平糖をやりとりしているような、寝物語がきりない。なんや、はらたつ。きょうは、ともだちのうちに、とまりやーゆうてきた、じぶんがはらたつ。と、ついと手をのばすと、肋骨にふれてくる。これ、なに。あおあざ。かわいそやな。どしたん。と唇をよせてきて、吸う。すう。最後にそっと、歯をおしつける。くっきりとずれて、青あざと重なる、赤あざをつけて、不意にこっくりとうなずくと、とろんとした顔して、ねむってしまう。すると、あの不貞ぶてしさが瞬時にきえ、つゆっぽい花束をとじこめた、ひえた花氷となって、生きてはいないものの尊さで、横たわりつづけるのだった。

あたし、なくならはった、奥さんに、にとるん。片目が、うすくあいている。ほの青びかる白磁の、真みずのいろの釉薬に浮いた、裏箔に銀を貼ったくろ目がひかる。おおきな、くろ瑪瑙のひとみの真円に、油彩の筆触であとから打ったような、白い反射の点がひかる。そうなんや。ふうん。と、不意にくすくすと笑う。なんや、逆にうれしいな。うん。

喧噪が遠い。淡水の芯にこもる石のにおいをつれた風にふきしだかれて、わずか頬おもてをゆらすむず痒さになって、きこえてくる。スマートフォン越しの、痴愚のやりとりがあまい。いみじい。上の空になって、伝記をよんでいた。しろいおもてに、細い、ひらたい、黒いうねりがすすんでいく。のこりの頁がみるみる減って、へって、指にたよりない数枚になっていくこころぼそさ、につれて、ひとり少年が生まれて、ひとりの画家となって、そして果敢なくなっていった。この世を愛して、愛されるにめぐまれてなお、彼が世界に捧げたものと比べれば、むくいはすくなかった。伝記作家がかくそうとしても、くぐもって、ぴりぴりとした慄えとなって、伝わってくる。こんなにたくさんの喜びだったたが、こんなにもたくさんの悔恨であり、過誤であり、屈辱でも、みれんでもある。いずれにせよ、纏《まと》わり付いても、すがりついてもくる、虚しさのひびく。むなしかったのか。すべては。むなしいであろうのか。すべては。それは、すこし、早い気がする。いつでも、すべては果敢ないと言うには、すこしだけ若すぎる。それが老い痴らむはての、ある遙かな日であっても。図らずも死に臨んだものは、残していくものたちに、諸君の生はこの通りむなしいなどとは、言いはしないのだから。この、すこしだけの早さのなかに、いつも生きている。そこに、そこにだけ、一糸まとわぬ生があるのだ。みずからのあやまちに、悪びれるほど幼くない。みずからのあやまちに、居直るほど老いていない。何もかもをざんげして、吐き出してしまう痛快が、あいてを足ゆびの先までよごすなら。あやまちだけが知る、いのちのふかさがある。吐《し》いっ。騒ぎ立てると、それはにげて了《しま》うよ。海のように底しれないくせに、しらうおの稚魚のように臆病なのだ。黙って、だまって、おろかさをさしだしあって、かじり、啜りあっていればいい。まぬがれないよ。まぬがれない。だって、彼女のことを、彼のことを、君は何もしらない。どんな姿を見、どんなおこないを見ても、それがすべてではないよ。決定的な、かくしどころを、おさえたって。俺はやつの本性を知っている、って。七条大橋の上でみた、彼女の、夏の夜風にふかれて心なびく横顔だって、同じくらい決定的なのさ。決定的でないものはない。

あやまつことの只なかにいる。おろかしさの。自卑も、空嘯《そらうそぶ》きも、用はない。羞《はじ》だけは、はなさないでいる。恥辱が、闇ひと塗りの夜の底まで、瞋恚《しんい》の山刀で叩き裂くちなまぐさいおもいでいるのも、かくせない照れを隠そうとしてうすらに身もだえする、一匙ぶんの蜜をわけあっているのも、どちらも、すこしずつあまぐされていく、この身たちには、ふさわしい。どちらにしろ、腐れていく先は骸《むくろ》という。のなら、はじめから糞を喰え。はじめから襤褸《ぼろ》を曳け。襤褸《らんる》曳く、垢染みして、血ぬれて、殺《そ》げて、よごれ、におう、襤褸になる果てのその道のり、どんな得意も、失意も、そのなかにある。そしてまた、訣別を思うには早い、新しい道のりの前にいる。あやまちの道のりの。これから、どうなるかは、わからない。また、喪《うしな》うかもしれない。
でも、生きなくては、ならないよ。

ゆたかにおおきく弧をえがいてドレープをおとす、くろ一色のマキシドレスの、肩と背中がでていて、うつくしい黒子のちるのまで、装いのうちのようで。花車《きやしや》なアンクルストラップだけ美事にしろい、黒のハイヒールを鳴らして。うれしがらせの案文を練る前に、すっとよってきて、ひたりと胸をつけてくる。脣《くちびる》がほしそうに、みあげてくる。朱のくちびる、耳飾りの銀はゆれる。一寸、はなれて、見せてくれよ。すこし、恥ずかしそうに、一歩二歩と退《しさ》りゆき、くるっと、ひとめぐり回ってスカートの裾をふわりと咲《ひら》いてみせる。凝然《じっ》とみていて、ぽつぽつことばを出すと、くの字にほそい身を折り曲げて、はずかしがった。まあたらしい、夜のにおいがしている。

初出　「文藝」二〇一三年夏号

佐々木中　ささき・あたる

一九七三年青森県生。作家、哲学者。東京大学文学部思想文化学科卒業、東京大学大学院人文社会研究系基礎文化研究専攻宗教学宗教史学専門分野博士課程修了。博士（文学）。現在、法政大学非常勤講師。専攻は現代思想、理論宗教学。著書に『夜戦と永遠―フーコー・ラカン・ルジャンドル』（以文社・二〇〇八年／『定本　夜戦と永遠―フーコー・ラカン・ルジャンドル』上下・河出文庫・二〇一一年）、『切りとれ、あの祈る手を―〈本〉と〈革命〉をめぐる五つの夜話』（河出書房新社・二〇一〇年）、『九夏前夜』、『足ふみ留めて―アナレクタ1』、『この日々を歌い交わす―アナレクタ2』、『砕かれた大地に、ひとつの場処を―アナレクタ3』、『しあわせだったころしたように』（以上、河出書房新社・二〇一一年）、『Ｂａｃｋ　２　Ｂａｃｋ』（いとうせいこう氏との共著・河出書房新社・二〇一二年）、『晰子の君の諸問題』、『この熾烈なる無力を―アナレクタ4』（以上、河出書房新社・二〇一二年）、『夜を吸って夜より昏い』、『踊れわれわれの夜を、そして世界に朝を迎えよ』（以上、河出書房新社・二〇一三年）がある。

らんる曳《ひ》く

2013年 11月20日　初版印刷
2013年 11月30日　初版発行

著者　佐々木 中
装幀　岡澤理奈
装画　近藤ようこ
発行者　小野寺 優
発行所　株式会社 河出書房新社
東京都渋谷区千駄ヶ谷 2-32-2
電話　03-3404-1201［営業］
03-3404-8611［編集］
http://www.kawade.co.jp/

印刷　株式会社亨有堂印刷所
製本　小泉製本株式会社

Printed in Japan
落丁本・乱丁本はお取り替えいたします。本書のコピー、スキャン、デジタル化等の無断複製は著作権法上での例外を除き禁じられています。本書を代行業者等の第三者に依頼してスキャンやデジタル化することは、いかなる場合も著作権法違反となります。

ISBN 978-4-309-02233-8

河出書房新社 佐々木中の本

SASAKI ATARU

九夏前夜

この才能に戦慄せよ！　佐々木中が贈る初の小説——
咲いたのだ、密やかに。夜の底の底で、未来の文学の先触れが。

しあわせだったころしたように

「なら、わたし、あなたを殺してしまった——」戦慄の小説デビュー作『九夏前夜』に続き、佐々木中が贈る小説第２作目！　圧倒的才能が放つ、小説の豊穣。

河出書房新社
佐々木中の本

SASAKI ATARU

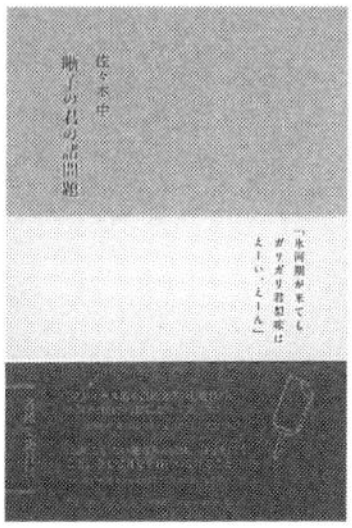

晰子の君の諸問題

届かないかもしれない、君への手紙が、君を傷つけるとしたら——。緻密な哲学的思索と果てしない詩情を両立させる、著者初の恋愛小説。

夜を吸って夜より昏い

うねる文体、はじける口語が、衝撃の結末になだれこむ。多くの読者を読者を戦慄させた、小説の「次（ネクスト）」を告げる、新鋭の最新刊。